5월 18일생

# 5월 18일생

송동윤 장편소설

스타북스

| 차례 |

5월 18일생 _ 007

작가의 말 _ 253

# 1

　날마다 꾸는 꿈이었다. 장소는 항상 안개가 깔려있는 숲속으로 어떻게 해서 50대 중반의 사내가 그 곳까지 들어가게 됐는지 그 이유는 알 수 없었다. 시작부터 그는 그곳에 갇혀 있었으니까. 안갯속을 스멀스멀 돌아다니는 바이러스 같은 그 무엇이 공포를 부추겼다. 보통 이런 꿈의 결말은 잔인하고 충격적으로 지금 당장 진행을 멈추지 않으면 사내는 끝내 비명을 지르며 죽음에 이를 것이다.

　갑자기 괴이한 기운이 사내의 몸을 휘감는 그 순간 여러 발의 총성이 들려왔다. 사내는 고개를 돌려 그쪽을 바라보았다. 20대 초반 군복차림의 남자가 M16을 쏘며 누군가를 뒤쫓고 있었다. 빠른 발자국 소리와 거친 숨소리가 다급하게 들려왔다. 결국 사내의 눈앞에서 우려했던 일들이 벌어졌다.

"탕!"

총소리와 동시에 도망가던 남자가 꼬꾸라졌다. 안갯속에 갇혀 있던 사내가 그 쪽으로 뛰어갔다.

"너는 누구냐?"

사내가 엎어져있는 남자를 똑바로 눕히고 얼굴을 살폈다. 그 남자는 검정고무신을 신고 있는 어린 아이었다.

"애였어? 내가 잘못 봤나?"

이상하다 싶었는지 사내가 몸을 일으켜 호흡을 가다듬으면서 눈을 부릅뜨고 다시 그 아이를 쳐다보았다. 근데, 그 아이는 간 데없고 어처구니없게도 사내 자신이 쓰러져 있는 게 아닌가. 사 내가 총을 맞고 죽어있는 것이었다.

"아악!"

경악한 사내가 비명을 지르며 몸서리치다가 그 전율에 화들짝 놀라 꿈에서 깨어났다. 그 순간 방문이 열리면서 낯선 목소리가 들려왔다.

"아저씨, 오늘부터 저하고 애기 좀 해요."

아직도 꿈의 공포에서 벗어나지 못한 사내에게 30대 중반의 여자가 다가가 그의 얼굴을 살피더니 걱정스런 표정을 지었다.

"아휴~ 땀 좀 봐. 무서운 꿈이라도 꾼 모양이죠?"

여자가 수건에 물을 적셔와 사내의 얼굴을 닦아주었다. 정신이 번쩍 들어 일어날 만도 한데 사내는 꿈쩍도 않고 그대로 누워 있었다. 뭔가 사내가 수상했다. 여자는 다 알고 있다는 듯이 아무렇지도 않게 계속해서 말을 걸었다.

"나중에 그 꿈 저한테도 얘기해 주세요."

여전히 사내는 대꾸가 없었다. 그런데도 여자는 상관하지 않았다. 여자는 사내의 마음을 이미 꿰뚫고 있다는 건지 대답을 기다리지도 않고 자기 할 일만 했다. 얼굴을 닦아주고, 침대를 정리하고, 마지막으로는 창문으로 다가가 창문을 열었다. 키 큰 나무의 숲을 건너온 바람이 방안으로 들어와 탁한 공기를 순환시켰다. 여자가 창문으로 고개를 내밀고 그 바람을 다 마셔버릴 듯 긴 호흡을 한 후에 숲을 건너 그 뒤의 산을 바라보았다.

## 2

2017년 봄 어느 날이었다. 지혜는 요양원에 도착한 그 시간부터 코마상태로 누워있는 50대 중반의 사내에게 신분을 알 수 없는 여자의 일기를 읽어줬다. 그 여자가 어떤 여자인지, 왜 일기를 그 사내에게 읽어줘야 하는지, 지혜는 설명하지 않았다. 그렇다고 지혜와 사내가 서로 알고 지내는 사이 같지도 않았다. 지혜가 요양원에 도착해서 사내를 대하는 그 몇 분간의 태도만 봐도 알 수 있었다.

지혜는 그 사내가 누워있는 침대 옆의 의자에 앉아 일기장을 펼쳐들었다. 일기를 쓴 여자가 이 세상에 존재한다는 것을 사내에게 분명하게 확인해주듯이 큰소리로 일기를 읽어갔다. 물론 사내의 반응은 없었다. 그러나 지혜는 상관하지 않았다. 사내는 코마상태에 빠져있기 때문에.

김영훈 전남대학교 경영학과에 합격


　1970년 3월, 긴 겨울방학이 끝나고, 개학을 한지도 3주가 지났는데 아직도 학교 교문에는 플래카드가 걸려있었다. 그 동안의 비바람에 부대껴서인지 하얀색깔이 누렇게 바랬다. 그 모양으로 앞으로도 서너 달은 더 그 자리를 지킬 것이다. 이것은 교장선생님의 고집스런 결정이었다. 우리 학교에서 국립 대학교에 합격자를 배출한 것보다 더 자랑스러운 일은 없으니까. 나는 등하교시 때마다 그 플래카드를 바라보며 거기에 씌어있는 이름을 되뇌었다.


　"김영훈!"


　영광군에는 영광고등학교와 해룡고등학교가 있다. 이 두 학교는 서로 자기 학교가 최고라고 소개하며 신입생을 유치하지만 한해에 서울 소재 명문 대학이나 국립 대학교에 합격하는 학생 수는 전부 합해도 10여명이 될까 말까 했다. 올해에는 내가 다니는 영광고등학교에서 2명이 전남대학교에 합격을 했는데 그중 1명이 김영훈 선배였다. 그가 사는 동네를 일부러 지나가면서 봤는데, 그 마을 입구에도 플래카드가 걸려있었다. 개천에서 용 났다는 말이 그를 두고 하는 말 같았다.

지금은 5교시 국어시간이었다. 시인으로도 활동하고 있는 국어선생님은 낭만주의자였다. 그가 2학년 때 수업시간에는 수업보다는 사랑에 관한 얘기를 더 많이 해줬다. 그런데 3학년에 올라오면서 입시 위주의 수업으로 확 바뀌었다. 한용운의 시만 해도 그랬다. 이번 예비고사에 꼭 나온다며 들깨를 털어내듯 쉼표 하나 놓치지 않고 분석 했다.

님은 갔습니다
아아 사랑하는 나의 님은 갔습니다

나는 〈님의 침묵〉을 나를 위한 시로 여기고, 님의 자리에 김영훈 선배를 대입해서 "선배, 님은 갔습니다. 아아~ 사랑하는 나의 선배, 님은 갔습니다."라고 읽으며 눈물까지 짜내면서 이별을 슬퍼했다. 그러나 수업 후에는 더 이상 그 이전의 감정으로 돌아가지 못했다.

창밖으로 비가 내리고 있었다. 분명 봄을 불러내는 봄비일 것이다. 나는 수업에 집중할 수가 없었다. 봄비 때문만은 아니었다. 내가 앉아있는 자리에서 몸을 살짝 왼쪽으로 틀어 밖을 바라보면 거기에 새로운 풍경이 펼쳐졌다. 운동장에 낮게 깔려있는 안갯속에 반쯤 파묻힌 교문에 하얀 천의 플래카드가 항구를 떠나는 배의 닻처럼 펄럭였다. 김영훈 선배가 떠나는 것처럼.

이 비가 그치면 죽은 듯이 겨울을 보냈던 나무들이 다시 생명의 기지개를 켤 것이다. 그 부스럭거리는 환희가 여기 교실까지 들려오는 듯했다. 그러나 나는 그 반대로 갔다. 다시 겨울 속으로 들어가고 있었다. 깨어남이 아닌 어둠의 늪 속으로 내 몸이 가라앉았다.

나는 슬펐다. 내가 좋아하는 벚나무에서 파릇한 싹을 발견해도 탄성을 지를 수가 없었다. 10개월 후에 치러야하는 대입 예비고사의 압박 때문만은 아니었다. 내가 그 이유를 찾는 데는 그리 오래 걸리지 않았다. 단 하루 만이었다. 내가 1년 동안 짝사랑했던 선배가 광주에 있는 대학교로 떠나버린 것이다. 그 하루 사이에 세상은 칼라에서 흑백으로 변해버렸다.

사실 그는 아무 잘못이 없었다. 내가 문제였다. 그동안 수도 없이 그를 지나쳤으나 한마디 말도 건네지 못했으니까. 그런 날이 오겠지 하며 우물쭈물 하는 사이에 벌써 1년이 흘러가버렸다. 그가 전남대학교에 합격을 해서 광주로 떠나고 나서야 나는 그 빈자리를 확인했다. 이렇게 내 첫사랑은 허무하게 짝사랑으로 끝나고 말았으니 그래서 아쉬움은 더 컸다. 그가 떠나간 뒤에는 "너는 어디에 있었냐?"며 내 용기 없는 행동을 며칠 째 나무랐다.

지금도 내 머릿속에는 온통 김영훈 선배뿐이었다. 2학년 때 국어선생님이 오늘 같이 비가 내리는 날에 해준 말이 생각났다.

"사랑은 원하는 대로 흘러가는 게 아니야."

그때는 건성으로 들었다. 설마 내 사랑까지 그러리라곤 전혀 예감하지 못했다.

"이대로 내 사랑이 짝사랑으로 종말을 고하는 걸까? 내가 할 수 있는 일이 없을까? 그를 다시 만날 수 있는 방법이 없을까?"

그가 떠나고, 그 다음 날부터 나는 궁리했다. 그래서 얻은 유일한 답은 선배가 다니는 그 대학에 나도 입학하는 것이었다. 그런데 그건 불가능에 가까운 일이었다. 반에서도 중간정도의 성적인 내가 과연 될 법한 일인가.

원래 내 꿈은 배우였다. 심하게 영화에 미쳐있고, 거울 앞에서 온갖 표정으로 연기를 흉내 내는 연습에 온 정신이 팔려있었다. 그런 행동이 나에게는 유치하다거나 남사스럽지 않았다. 특별할 것이 없는 순진한 시골뜨기에게 그건 적지 않은 즐거움이자 행복이었으니까. 그러다보니 일부러 담을 쌓은 건 아니었지만 공부는 항상 뒷전으로 밀렸다. 대학 예비고사 점수 사정표를 보면 가슴부터 턱 막혔다.

"학교성적이 1~2 등급에 예비고사 점수는 상위 10%안에 들어가야 가능한데…, 내가 그 대학에 갈수 있을까?"

감히 넘보는 이런 생각 자체가 무리였다. 나는 내 인생 최대의 위기에 빠졌다. 불가능은 이를 두고 하는 말일 것이다. 현실이 그런데도 나는 대책 없이 그 대학만을 고집하고 있었다.

"전남대학교… 전남대학교…."

나는 한동안 그 대학의 이름을 되내이고 다녔다. 그러다보니 그 대학의 이름이 선배를 연상시키면서 내 머릿속에 턱하니 제 집처럼 자리를 잡고 앉았다. 이제는 연기도 영화도 흥미를 잃었다. 나는 비상구가 없는 막다른 골목에 서성이면서 선택을 고민하다가 굳은 결심을 했다.

"그래, 공부를 하자. 지금부터라도 열심히 해서 그 대학에 합격을 하자."

그렇게 결정을 하고 나니 오히려 마음에 평화가 찾아왔다. 그날부터 나는 공부에만 전념했다. 내가 태어나서 그렇게 한가지만을 목표로 죽기 살기로 한 적이 없었다. 나는 고교 3학년 10개월을 온통 전남대학교에 바치고 시험을 치렀다.

"으악~ 합격이다!"

기대가 아주 없었던 것은 아니었다. 그래도 설마 했었다. 전남대학교 벽면에 붙은 합격자 명단을 보고 나는 비명을 질렀다. 태어나서 그 순간보다 더 기분 좋은 날은 없었다.


이서연 전남대학교 국문학과에 합격


그 다음날 고등학교 교문 그 자리에 플래카드가 나붙었다. 내 친구들은 믿을 수 없다며 기적이라고 부러워했다. 나는 상관하지 않았다. 공부도 못한 내가 그 대학에 합격했으니 그 애들이라고 놀래지 않겠는가. 나는 행복했다. 이왕 기적이라고 할 거면 이렇게 말해줬으면 좋겠다.

"사랑의 기적."

# 3

누구나 인생에서 눈부시도록 아름다운 시절이 있다. 일기를 쓴 여자에게도 그 시절은 첫사랑의 그 지점에서 출발했을 것이다. 또박또박 써 내려간 글씨체에서 그녀의 풋풋하고 들뜬 마음이 지혜에게도 전달됐다. 그때나 지금이나 첫사랑은 하나도 다름이 없었다. 더구나 시골에서 태어나서 고등학교를 졸업할 때까지 그곳을 떠나본 적이 없는 그녀에게는 더욱 그러했으리라.

그 첫사랑은 지혜에게도 그랬다. 추운 겨울이 물러난 온기가 하나도 없는 그 자리에 남쪽으로 향한 창으로 쏟아져 들어오는 봄 햇살처럼 그렇게 따스하고, 손가락을 잘못 놀려 면도칼에 베었을 때 선홍빛 피가 흐르기도 전에 비명보다도 더 빨리 놀라는 그 순간처럼 강렬했다. 그녀의 첫사랑은.

# 4

　지금 일기를 읽어주는 여자의 목소리를 듣고 있는 50대 중반의 사내도 이 대목에서는 감동했다. 비록 그는 그런 사랑을 해보지는 못했으나 듣는 것만으로도 기분이 좋아지는 일기 속 여자의 사랑은 분명 그에게도 사랑의 기적이었다.

　근데, 사내는 일기를 읽어주는 여자도, 일기를 쓴 여자도 모르는 사람들이었다. 그런데도 오늘 갑자기 그를 찾아와 안부를 묻고 그의 옆에 앉아서 일기를 읽어줬다.

　"누구지? 혹시 초등학교 친구? 오래전의 일이라 내가 기억을 못하고 있을지도 몰라."

　사실 사내는 자기가 코마상태에 빠져있다는 사실을 모른다. 더군다나 그의 기억도 부분적으로 지워져있었다. 그런데도 이상스러운 점은, 그가 일기를 읽어주는 여자의 목소리를 듣고 있다는 것이었다. 물론 그는 자기가 깊은 잠에 빠져있고 그것이 자기의 꿈속에서 벌어지는 일이라고 믿는 구석도 있었다. 여자가 그의 방에 들어오기 바로 전에도 자기가 총에 맞아 죽는 악몽을 꾸고 있었으니까.

그러나 그것은 사내에게는 다행스러운 일이었다. 오늘 갑자기 그의 주변에서 벌어지고 있는 이 이해할 수 없는 일들에 대해 그 스스로가 따져보려고 하는 시도는 진실을 찾아가는 데 중요하기 때문이었다. 그는 지금 기억의 퍼즐을 맞춰가고 있는 것이다.

### 회상

내가 태어난 곳은 지금은 서울이지만 60년대에는 경기도에 속했다. 우리 동네는 내가 다녔던 초등학교에서 출발해 논과 밭을 가로질러 비포장 길을 4km 정도 가다보면 그 길이 끝나는 지점에 나타났다. 사방이 산으로 둘러싸여 있는 20여 가구의 평화로운, 꿩의 울음이 정적을 깨는 조용한 마을로 밖으로 나가는 길은 학교 가는 길과 산을 넘어 읍내로 가는 산길 2군데 뿐이었다. 이런 지리적 위치 탓에 나는 서울에 있는 고등학교에 입학해서 고향을 떠날 때까지 문명과는 동떨어져있었다.

나의 유년 시절에서 가장 기억에 남는 놀이는 총싸움이었다. 아이들은 수업이 끝나고 집으로 돌아오면 가방을 팽개치고 마을 뒷산으로 갔다. 금잔디 무덤이 있는 햇볕이 잘 드는 공터에서 같은 수로 편을 갈라 총싸움을 했다. 아이들의 손에는 학교 앞 구멍가게에서 산 플라스틱 권총이나 나무로 만든 장총이 들려있었다. 진짜 총에 맞아 죽는 것도 아닌데 모두가 비장한 표정들이었다. 아이들은 서로 머리를 맞대고 진지하게 작전회의를 한 후 각자 임무를 띠고 흩어졌다. 바위 뒤에 숨어 있는 아이들은 그 앞으로 적들이 지나가면 큰 목소리로 탕! 탕! 소리를 내지르며 총을 쏘았다. 마침내 총격전이 벌어진 것이다. 쉽게 끝날 것 같은 총싸움이 말싸움으로 옮겨졌다.

"너 왜 안 죽어?!"

"뭐야? 내가 왜 죽어!? 네가 죽어야지!"

"허~ 미쳐버리겠네."

아이들은 멱살을 잡을 듯이 상대편을 노려봤다. 이번에는 진짜 싸움이 벌어질 일촉즉발의 분위기였다.

"너 봤어, 안 봤어?"

"봤지. 우리가 먼저 쐈어야."

"너 빨리 누워서 죽어라!"

그 놀이에는 심판이 있는 것도 아니어서 서로 먼저 총을 쐈다고 목청껏 우기다가 그대로 끝나는 날이 더 많았다. 더 이상 서로 안볼 것 같이 헤어지지만 그 다음날에는 언제 그랬냐는 듯 웃으며 다시 만났다.

마을에서 했던 총싸움은 학교에서도 계속됐다.

오늘은 반공 웅변대회가 있는 날이다. 운동장에 전교생이 모여 있고 단상에는 웅변을 하는 아이가 열변을 토했다.

"저 북쪽에는 피에 굶주린 이리 때 같은 공산당이 호시탐탐 침략의 기회를 노리고 있는 이때 조국을 위해 목숨을 바치는 것은 죽는 것이 아니라 영원히 사는 것임을 알고…."

연사의 목소리가 얼마나 우렁차고 호소력이 있던지 나는 딴짓을 못하고 집중하고 있다가 그 정점에서 손바닥이 아프게 박수를 쳤다. 연사는 더 힘이 나는지 한손을 치켜들고 한 마디 한 마디를 강조해서 목청껏 외쳤다.

"김일성 도당을 때려잡기 위해선 이 한목숨 죽어도 좋다고! 자나 깨나 공산당의 만행을 잊지 말자고!! 이 연사 소리 높여 외칩니다!!!"

웅변이 끝나지도 않았는데 나는 벌써 감동하고 있었다. 나도 모르게 표정은 상기됐고 내 가슴 속에는 공산당으로부터 나라를 지켜야한다는 다짐이 가득 차올랐다. 그때 바라다보이는 본관 건물 중앙 입구의 국기봉에서 펄럭이는 커다란 태극기가 그렇게 자랑스러울 수가 없었다.

웅변대회가 끝나고, 5교시는 미술시간이었다. 계단을 따라 2층으로 올라가면 3학년 2반 교실이 나왔다. 아이들이 저마다 크레용으로 반공포스터를 그렸다. 하나같이 북한은 빨간색으로,

남한은 파란색으로 칠했다. 아이들은 한사람도 예외 없이 전부 북한을 침략자 늑대로 표현했다. 그와 반대로 남한은 평화를 상징하는 비둘기였다. 나는 우리 국군아저씨가 총에 정착돼 있는 대검으로 공산당의 가슴을 찌르는 장면을 그린 다음에 마지막으로 글씨를 빨간색 크레용으로 꾹꾹 눌러서 썼다.

"무찌르자 공산당!"

우리는 1년에 서너 번은 반공영화를 관람했다. 마을에 TV가 겨우 서너 대 밖에 없는 시절에 대형 스크린의 영화는 새로운 세상의 마술과도 같았다. 그날을 손꼽아 기다리는 것은 나만이 아니었다. 우리 모두가 그랬다. 마침내 그 날이 왔다. 나는 설레는 마음으로 1시간 전부터 강당으로 가서 제일 좋은 가운데 자리를 잡고 기다렸다.

드디어 영화가 시작되고, 태극기가 펄럭이면서 대한뉴스가 나왔다. 가족들의 환송을 받으며 우리 학교 건물보다도 더 큰 배에 오르는 파월장병들의 모습과 10월 1일 국군의 날 행사에 군인들의 늠름한 시가행진이 나의 가슴을 벅차오르게 했다. 나는 처음으로 나 자신에게 굳게 다짐을 했다.

"나도 커서 저 아저씨들처럼 군인이 될 거야."

사실 나는 10월 1일에 태어났다. 나중에 알았지만, 그날이 국군의 날이었다. 그래서였을까. 초등학교 때부터 내 작은 가슴 속에는 애국심 같은 감정이 특별하게 자리 잡았다. 그것은 공산당으로부터 우리나라를 지켜야한다는 사명감이었다. 그날 영화가 끝나고 집에 가는 길에서는 동네 친구들과 같이 행진을 하며 음악시간에 배운 월남전 군가를 목청껏 불렀다.

자유통일 위해서 조국을 지킵시다
조국의 이름으로 님들은 뽑혔으니
그 이름 맹호부대 맹호부대 용사들아
......

# 5

"이게 나라냐!!"
"촛불이 승리한다!!"

    지혜가 즐겨 외치는 구호다. 오늘은 촛불집회 참석으로 요양원에 가지 못했다. 그녀는 매주 토요일마다 광화문 광장에서 열리는 촛불집회에 참여해왔다. 박근혜−최순실의 국정농단으로 무너진 민주주의 근간을 바로세우기 위해 여러 시민단체의 연합체인 '박근혜 정권퇴진 비상국민행동'이 주최한 시위로 2016년 10월 29일 1회를 시작으로 2017년 4월 15일 22차 집회까지 왔다. 공정하고 정의로운 대한민국을 위해서.

    지혜는 영화촬영일정과 겹치는 날 말고는 연극공연을 하듯 즐겁게 참석해 구호를 외쳤다. 축제에 가까운 시위라서 피곤함도 덜했다. 이 촛불집회−축제를 통해 좋아하게 된 가수가 있다. 전

인권이다. 촛불을 축제로 만든 전인권이 광화문광장 집회에서
불렀던 노래 〈걱정말아요 그대〉가 그녀의 아픈 마음을, 아픈 대
한민국을 위로해줬다.

> 그대여 아무 걱정 말아요
> 우리 함께 노래합시다
> 그대 아픈 기억들 모두 그대여
> 그대 가슴에 깊이 묻어 버리고
> ……

드디어 2017년 3월 10일 오전 11시.
이정미 헌법재판소장 권한대행은 대통령 탄핵심판 청구소송
의 선고에서 "재판관 전원의 일치된 의견으로 주문을 선고합니
다." 라고 말하고 나서 마지막 주문을 읽었다.

"피청구인 대통령 박근혜를 파면한다."

세월호로 촉발된 촛불은 국정농단을 거쳐 탄핵정국으로 이어
져 대통령 박근혜의 탄핵으로 마무리 됐다. 이는 2016년 12월 9
일 국회가 대통령 탄핵소추안을 의결하고 헌재에 접수한 지 92
일 만의 결정이다.

헌재가 국회의 탄핵심판 청구를 인용한 것은 세계역사에도 유래가 없는 국민들의 민주화에 대한 행동으로 대한민국 헌정사 최초의 현직 대통령 파면을 이끌어 낸 것이다.

탄핵이 인용되고도 집회는 계속되었다. 이제 국민에게 위대한 승리를 안겨준 촛불집회는 완전한 축제의 장이 되었다. 노래하고, 춤추고, 대한민국을 외치고, 민주주의를 외치고… 지혜도 그 열기 속에서 둥둥 떠다니는 기분으로 마음껏 즐겼다.

광장을 꽉 메운 수십만의 인원에도 불구하고 질서를 지키고, 큰 사고 없이 행사를 즐긴 시민정신은 빛났다. 이렇게 촛불정신은 앞으로도 정의로운 대한민국을 굳건히 지탱해 줄 것이라 믿으며 광화문광장의 축제현장을 빠져나왔다.


그렇게 촛불집회를 즐기고, 밤 12시가 넘어서 원룸으로 돌아왔다. 지혜는 비로소 혼자가 됐다. 몸은 피곤하지만 바로 침대로 들어가고 싶지 않았다. 아직도 광화문의 함성이 남아있어서 우선은 그 열기부터 식혀야 할 것 같았다.

지혜는 책상에 앉아 노트북으로 인터넷을 뒤적이다가 장선우 감독의 〈꽃잎〉이라는 영화를 다운받았다. 사실 이 영화는 촬영 때부터 처음으로 제작되는 광주영화라고 해서 사람들의 관심을 끌었다. 그러나 개봉 후에는 광주의 상처를 상업적으로 이용했다는 비난이 뒤따랐다. 가해자는 가해자대로, 피해자는 피해자대로, 광주와 상관없는 일반인은 일반인대로 불만을 품고 영화관을 떠났다. 기대가 크다보니까 그 만큼 실망도 컸던 것 같다.

〈꽃잎〉은 1996년에 개봉됐다. 지혜는 그 당시에 이 영화를 관람하지 않았다. 광주영화라는 이유 말고도 그녀에게는 아픈 기억이 있었다. 지금까지 단 한 번도 주변에 자신의 그 과거를 이야기하지 않았다. 그러나 지금은 배우라는 직업상 광주영화를 봐야했다. 그녀가 광주를 내용으로 하는 영화에 주연으로 캐스팅이 됐기 때문이었다. 그 이후로는 연기에 도움이 될까 해서 일부러 광주 영화를 찾았다.

지혜는 커피를 옆에 두고 〈꽃잎〉을 봤다. 보는 내내 영화 속의 소녀가 영화에서처럼 그녀의 머릿속을 헤집고 돌아다녀서 영화가 끝날 때까지 집중하기가 쉽지 않았다. 그럼에도 도청 앞 집단 발포 장면에서는 그녀도 모르게 몸서리치며 분노했다.

영화의 내용은 이랬다. 미친 소녀가 인부 장 씨와 이상한 동거를 시작하면서 애니메이션과 함께 소녀의 과거가 나온다. 다른 곳에서는 소녀를 아는 오빠들이 소녀를 찾아다닌다. 영화는 왜 이 소녀가 미쳤는가를 파헤친다. 유일한 실마리는 소녀의 기억이다. 이를 태면 소녀가 인부 장 씨를 오빠로 생각하고 행복해하면, 과거로 돌아가 광주와 전혀 어울릴 것 같지 않은 김추자의 노래 〈꽃잎〉이 흘러나오면서 꿈 많은 소녀가 수줍게 오빠들 앞에서 춤을 춰 보인다. 마찬가지로 동네 아이들이 소녀 뒤를 따라가며 미친년이라고 놀리면 소녀는 달아난다. 그 다음 화면은 소녀가 과거로 돌아가 금남로에서 군인들에 쫓겨 도망가고 있다.

이런 식으로 현재 소녀에게 일어나는 일들이 과거에 있었던 그와 비슷한 사건들을 불러내면서 소녀의 기억이 서서히 되살아난다. 여기저기 흩어져있던 광주의 파편들이 하나 둘 짜 맞춰지면서 마침내 충격적인 장면에 이른다.

어느 무덤 앞에서 소녀가 신들린 듯 격렬한 몸짓을 한다. 그 뒤로 이어지는 화면은 1980년 5월 21일 광주로 돌아간다. 도청 앞의 공수부대가 광장에 모여 시위를 하는 수십만의 시민들을 향해 방아쇠를 당긴다. 콩 볶듯 총소리가 울리면서 시위에 참여한 엄마가 딸의 손을 잡고 도망치는데 딸이 그만 넘어진다. 엄마가 몸을 돌려 딸의 손을 잡고 다시 뛰어가려는 순간 총알이 엄마의 가슴을 관통한다. 엄마가 쓰러진다. 공포에 젖은 딸이 도망가려 하지만 엄마가 손을 놔주지 않는다. 이미 죽어버린 엄마의 몸은 굳어져 있고 제정신이 아닌 딸은 엄마의 팔을 자신의 발로 밟아 엄마의 손에 쥐어진 자기의 손을 빼내 도망간다.

이 참혹한 장면들에서 지혜는 자기가 총에 맞은 듯 손을 떨다가 옆에 있는 커피를 엎질렀다. 그 죽음을 계속 볼 수가 없어 잠시 영화를 스톱시키고 호흡을 가다듬었다.

지혜의 소녀에 대한 분석은 그랬다. 소녀는 죽어가는 엄마를 앞에 두고 공포와 충격으로, 그리고 따라오지 말라며 엄마가 야단을 치는데도 꾸역꾸역 따라 나섰다가 결국 엄마를 죽음에 이르게 한 죄책감으로 미쳐버렸다고 봤다.

지혜는 다시 영화를 플레이 시켰다.

이제 소녀는 엄마에게 용서를 빌어야 한다. 영화는 다시 현재로 돌아오고, 소녀는 어느 무덤에서 격렬하게 몸을 흔들어대다가 혼절한다. 그 무덤이 엄마의 것은 아니지만 소녀는 이런 방식으로라도 엄마에게 용서를 빌고 싶은 것이다.

영화는 관객에게 아직도 이 소녀가 돌아다니고 있고, 만나거든 무섭게 하지 말고 관심 있게 지켜봐 달라고 당부하면서 끝을 맺는다.

"그러나, 언제까지 그 소녀를 지켜만 봐야 하는 걸까? 37년이 지난 지금도 5.18의 진상규명을 요구하는 목소리는 계속되고 있는데…."

지혜는 3시간 가까이 〈꽃잎〉과 시름했다. 가볍게 볼 수 있는 영화는 아니었다. 내용으로나 영상으로나 영화배우인 지혜에게도 이해가 쉽지 않았다. 현재와 과거, 흑백과 컬러, 애니메이션과 표현주의적 영상이 어지럽게 교차하다보니 지혜는 돌려보기까지 하면서 간신히 후반부까지 왔다.

"장선우 감독은 이런 기법들을 통해 소녀의 극단적인 심리상태를 효과적으로 보여주려고 의도했던 건 아닐까?"

정말 그런 의도였다면, 그 때문에 〈꽃잎〉은 난해한 영화가 돼 버렸다. 개봉 당시의 관객들도 지혜처럼 혼란해 하지 않았을까? 광주를 다룬 영화였으나 그럼에도 누구나 쉽게 광주로 다가가지 못한 아쉬움이 남았다. 그러나 분명한 사실은 국가권력이 광주와 무관한 어린 소녀에게까지 폭력을 가했다는 것이다.

"이 소녀에게 애국이나 조국이 어떤 의미를 가질까?"

그 답은 이 소녀의 행동에서 찾을 수 있었다. 이 소녀는 〈국기에 대한 맹세〉를 따르지 않았다. 지혜가 태어난 해인 1980년에는 오후 6시만 되면 국기하강식을 거행했었다. 근처 스피커에서 "나는 자랑스러운 태극기 앞에"로 시작되는 〈국기에 대한 맹세〉가 흘러나오면 길을 가는 모든 사람들은 걸음을 멈추고 부동의 자세로 가슴에 손을 얹고 근처에 있는 태극기를 향해 조국에 대한 충성을 맹세했었다. 그러나 이 소녀는 그 6시에 충성을 거부하고 제 갈 길을 갔다.

"왜 그랬을까?"

지혜는 이 소녀가 국가를 향해, 자기 엄마를 죽게 했던, 발포 명령을 내린 그 사람을 향해 항거를 하고 있다고 봤다.

지혜가 이 영화에서 가장 주의 깊게 본 인물은 소녀가 아닌 엄마였다. 엄마는 처음부터 의식 있는 여자는 아니었다. 운동권인 아들이 강제로 징집되어 의문사하자 반정부 성향으로 변한 것이다. 곧 촬영에 들어가는, 지혜가 캐스팅된 영화의 내용에도 엄마와 딸이 나온다. 그녀는 여기서 딸의 역을 맡았다. 그러면 영화가 아닌 현실에서는? 지혜는 엄마를 이해하는 딸일까? 아직은 밝힐 수 없지만, 이런 저런 생각에 그녀는 거의 뜬눈으로 밤을 새웠다.

　요양원의 면회는 9시부터 허락된다. 원룸에서 너무 빨리 출발한 탓에 그 시간을 맞추기 위해 일부러 승용차를 천천히 몰았다. 일요일 아침이라 그런지 도로는 한산했다. 속도를 더 늦췄는데도 요양원에 30여분 빨리 도착했다.

　요양원은 행정구역상으로는 경기도 고양동이다. 파주 보광사로 넘어가기 전의 입구 산 밑에 위치해 있었다. 지혜는 요양원에 들어가기 전에 키 큰 나무들의 숲 주변을 산책하며 밤새 쌓인 피로를 풀었다. 거의 날마다 미세먼지 속에 잠겨있는 서울과 달리 공기가 너무 깨끗해서 숨 쉬는 것조차 기분 좋은 일이었다.

　지혜는 9시가 조금 넘어서 그 사내의 방으로 갔다. 그는 항상 똑같은 자세로 누워있었다. 그녀는 인사를 하고 창문을 열어 공기를 환기시켰다. 그리고 사내의 옆에 앉아 일기장을 꺼내 펼쳤다.

**일기**

3월이 지나고 4월로 접어들었다. 광주로 올라와 혼자 자취를 하며 대학생활을 한지도 벌써 1달이 지났다. 보통의 학교생활이었다. 강의실을 옮겨가며 바쁘게 강의를 듣고, 도서관에서 다음 강의를 준비하고, 자전거로 시내를 질주하고, 서점을 찾아 베스트셀러에 오른 소설책을 구입하고, 주말에는 영화관을 찾거나 텅 빈 방안에서 외로워했다.

그 동안 나는 내가 왜 이 대학에 와야 했는지, 그 이유를 한시도 잊은 적이 없었다. 그것은 내가 짝사랑하는 김영훈 선배를 만나 그 사랑을 완성시키는 것이다. 누가 나를 시골뜨기의 철없는 행동이라고 놀려도 나는 아무렇지도 않았다. 부끄러울 것도 없었다. 1년을 고생한 끝에 나는 목표지점에 와있고 그에게 다가갈 결정적인 기회만을 기다리고 있는 중이다.

그 한 달 동안에 나는 아름아름 선배에 대한 정보를 수집했다. 그의 시골집에는 그의 누나가 과수원을 하며 살고 있고, 그의 아버지는 이름 있는 야당 정치인으로 어머니와 함께 서울에 살면서 정치활동을 하는데 현재 심한 탄압을 받고 있다고 했다. 선배는 이런 아버지의 영향을 받아선지 노동자를 대상으로 야학동아리를 하였다. 내 국문과 친구들은 나를 걱정해주면서 그 동아리를 조심하라는 충고를 했다.

"야, 그거 운동권 학생들이나 가입하는 위험한 동아리야."

그러나 나는 상관하지 않았다. 그가 운동권이든 그 이상이든 나는 그를 만날 수만 있다면 못할 일이 없었다. 나는 망설임 없이 그 동아리에 가입을 했다.

드디어 선배를 만나는 날이 왔다. 야학은 일주일에 2번 수요일과 토요일 밤에 열리는데, 오늘은 야학동아리에 새로 가입한 회원들의 오리엔테이션이 있는 날이었다. 교문을 지나 오리엔테이션이 있는 제 1강의동까지는 300여 미터 거리였다. 길 양옆으로는 벚꽃이 흐드러지게 피어 있었다.

"아, 저 꽃이 눈처럼 날렸으면 좋겠다."

3달 전에 본고사를 보러 이 학교를 방문했을 때도 이 길을 걸었었다. 그때는 길 양 옆으로 도열해 있는 이 나무가 무슨 나무인지 몰랐었다. 그저 삭막한 풍경으로만 기억했다. 겨울이면 어디를 가나 앙상한 가지를 뻗친 채 죽은 듯이 서있는 나무들은 거의 비슷한 모양이었다. 침엽수가 아닌 벚나무, 감나무, 밤나무 등의 나무는 전문가가 아니고서는 그것들을 구별해서 이름을 알기란 여간 쉽지가 않았다.

3개월이 지난 지금 보니까 그때의 그 나무는 벚나무였다. 가지마다 꽉 들어찬 꽃들이 너무 새하얗다 보니 그 주변이 불을 밝힌 듯 환했다. 지금 나는 그 길을 걸으면서 행복에 젖었다. 고개를 들어 하늘을 올려다보면 바람이 없는데도 벚꽃이 눈처럼 날렸다. 정말 함박눈이라고 해도 믿겠다. 나는 벚나무 밑에 서서 손을 들어 눈송이를 잡았다. 겨울이 아닌 봄에 누리는 황홀한 호사였다.

"이런 날에는 하얀 천막이 없어도 축제를 즐길 수 있을 것 같아."

돼지꿈을 꾸지는 않았으나 오늘은 무슨 좋은 일만 일어날 것 같았다. 발걸음을 옮길 때마다 선배에게 다가간다고 생각하니 벌써부터 가슴이 두근거렸다. 나는 사랑을 쟁취하려고 애쓰는 내 자신이 기특하고, 그런 나에게 칭찬해줬다.

"걱정 마. 넌 할 수 있어. 너는 벚꽃보다 더 아름다운 여자니까."

미팅시간 1시간 남겨두고 나는 오리엔테이션이 열리는 강의실로 갔다. 아직 아무도 안 왔다. 나는 중간쯤의 의자에 앉아 어제 산 소설책을 읽었다. 그러나 집중이 안 되었다. 무슨 내용인지도 모르고 서너 페이지를 넘겼다. 그때 문이 열리고 한 학생이 들어왔다. 내 마음이 산만해서인지 처음에는 그가 누군지 몰랐다. 그가 교탁으로 가서 나에게 눈인사를 하며 가져온 서류를 뒤적일 때에서야 그가 누구인가를 알았다. 그는 내가 고3을 공부에만 다 바쳐 찾아 헤매게 만들었던 바로 그 선배였다. 나는 두근두근 콩닥거리는 마음을 애써 진정시키고 책을 읽는 척 그의 얼굴을 훔쳐보며 궁리했다.

"선배에게 어떻게 다가가지?"

이렇게라도 해서 오랫동안 우리 둘만의 시간을 갖고 싶어 하는 내 마음은 말도 안 되는 욕심이었다. 오리엔테이션의 시간이

다가오면서 하나 둘 학생들이 들어왔다. 새어보니 10명이었다. 여학생은 나 혼자 뿐이었다. 아무래도 운동권 동아리로 알려져서 그런 것 같았다. 서류를 뒤적이던 그가 고개를 들고 우리들을 둘러봤다. 그는 동아리를 끌고 가는 대장이었다. 우리는 그를 그렇게 호칭했다. 그가 인사말을 하면서 동아리의 역할과 활동에 대해 설명을 했다. 달변이었다. 그의 목소리는 굵고 경쾌했다.

다음은 차례대로 자기소개를 하는 시간이었다. 제일 앞에 앉아있는 학생이 쑥스러워하며 일어섰다. 아직도 그 학생은 겨울인 듯 오리털파커를 입고 있었다. 얼굴이 까만 걸 보니 나처럼 시골뜨기가 분명했다.

"반갑습니다. 제 이름은 서명철이고, 화순고등학교를 졸업했습니다. 저의 학교는 남녀공학이 아니라서 여기 와서 처음으로 여학생들을 봅니다. 근데 우리 동아리에는 여학생이 한명 밖에 없네요. 남자친구 없으시면 저 어떠세요? 날마다 업고 다닐 수 있는데… 아, 대답이 없으시네요. 그래도 기분이 좋습니다. 취미는 축구입니다. 앞으로 잘 부탁합니다."

학생들은 웃으면서 힘껏 박수를 쳐줬다. 한 사람만 더 소개하면 그 다음은 내 차례였다.

"나는 무슨 말을 해서 선배에게 내 인상을 심어주지?"

이런 문제로 고민하는데 내 옆의 학생이 일어섰다.

"안녕하십니까. 김재일입니다. 함평 월야가 고향이고, 제가 고등학교에 입학하면서 광주로 이사 왔습니다. 동신고등학교를 졸업하고 1년 재수를 했습니다. 제가 이 동아리에 들어온 이유는 우리나라의 노동현장을 이해해 보고 싶어서입니다. 취미는 격투기 단련입니다. 그렇다고 조폭은 아니니까 겁내지 마시고요. 앞으로 열심히 하겠습니다."

　서울사람도 아닌데 사투리가 하나도 없었다. 대학생이 되면 다들 촌티를 벗어나는가 보다. 드디어 내 차례가 왔다. 내가 남들 앞에 서서 내 소개하기는 이번이 처음은 아니었다. 고등학교 때 새롭게 반편성이 되면 으레 그런 시간을 가졌다. 그런데 지금은 가슴이 아주 심하게 쿵쾅거렸다. 아마 선배 때문일 것이다. 그것도 내가 좋아하는 사람 앞에서 내 소개를 해야 하니 더 그럴 것이다. 나는 떨리는 가슴을 진정시키느라 속으로 주문을 외웠다.

　"넌 할 수 있어. 넌 뭐든지 잘하잖아. 넌 사랑의 기적까지 만들어 냈잖아. 떨지 마. 힘내. 파이팅!!"

　나는 심호흡을 크게 한번 하고 일어섰다. 모든 학생들이 일시에 나를 주시했다. 유일한 여자라서 그럴 것이다. 선배도 나를 빤히 쳐다봤다. 갑자기 머리가 하해 졌다. 준비했던 모든 단어들이 어디론가 숨어버렸다.

　"아, 이래서는 안 되는데, 이 난국을 어떻게 하나…"

　나는 우물쭈물 그대로 서 있다가 간신히 더듬거리며 입을 열었다.

"저는… 그랑께요. 지 이름은….”

고향에서도 잘 쓰지 않은 사투리가 하필이면 이 중요한 순간에 나도 모르게 툭 튀어나와버렸다. 사투리 말고, 나도 세련되게 서울말로 하자며 신경 쓰다 보니 깜박 헷갈렸던 것 같았다. 학생들이 "와~”하고 웃었다.

"이를 어쩌나~”

뭐가 재미있는지 하얀 이를 드러내고 선배까지 웃었다. 나는 쥐구멍이라도 있으면 빨리 몸을 숨겨 이 창피를 벗어나고 싶은 심정이었다. 선배가 계속 웃으면서 한마디 했다.

"여그 서울사람 없응께 챙피할 것도 없어라. 계속 말핫시요이.”

선배의 예상 못한 사투리에 학생들이 더 크게 웃어재끼며 여기저기서 호응을 해줬다.

"그라제~”

"그라제~ 다시 시작하더라고이.”

엎질러진 물이었다. 이미 엉망으로 망가진 내가 조금 전의 도도한 모습의 나로 되돌아 갈 수는 없는 일이었다. 절대 불가능했다. 이제는 이판사판이었다. 학생들이 이번에는 또 무슨 말이 터져 나올까 내 입을 주시했다.

"제 이름은 이서연이고, 올해 영광고등학교를 졸업하고….”

영광고등학교란 말에 선배가 순간적으로 "어? 영광고등학교?"하며 그 큰 눈이 더 커지면서 내 말을 끊고 들어왔다. 나는 또 놀리는 줄 알고 당황했으나 위기는 벗어날 수 있어서 다행이었다.

"영광고등학교 졸업했어요?"

"네."

"나 몰라요? 나도 거기 졸업했는데."

"알아요. 1년 선배님…."

"그렇죠? 한번, 아니 여러 번 본 것 같은데…."

"기억하시네요?"

"그럼, 기억하지."

분위기가 갑자기 이상한 방향으로 흘러가자 학생들이 웅성거렸다. 그러는 사이에 나는 침착하게 원래 내 모습으로 돌아왔다. 기분이 좋아졌다. 처음으로 선배의 관심을 얻는데 성공했으니까. 오리엔테이션이 끝나고 나는 그대로 강의실에 앉아있었다. 우선은 설렘으로 뜨거워진 가슴의 열기부터 식혀야했다. 내가 강의실을 나설 때는 봄비가 내렸다.

나는 건물 입구에서 비를 바라보며 서있었다.

"어떻게 하지? 비를 맞고 그냥 갈까, 아니면 도서관에서 공부하다가 비가 그치면 갈까?"

나는 갈등하고 있는데, 우산도 없이 비를 맞으며 걸어가는 사람도 많았다. 아직 8시가 넘지 않았는데도 주변은 벌써 어두워졌다. 그때 누군가가 내 곁으로 다가와 슬쩍 우산을 씌어주면서 말했다.

"비가 오네요. 이 우산으로 같이 가요. 내가 모셔다 드릴게요."

익숙한 목소리에 "설마 선배?"하며 돌아보니 정말 선배가 핑크색의 우산을 들고 미소를 지으며 서있었다. 그와 어울리지 않은 색깔의 우산이었다. 아마 누구한테 급히 빌린 모양이었다. 아무렴 어떤가. 내가 수줍게 고개를 끄덕이자, 내 허락도 받지 않고 그가 팔로 내 허리를 감싸듯이 하고 나를 이끌었다. 내 걸음걸이가 빠른 편은 아니지만 나는 그가 걷는 속도에 맞춰서 걸어 갔다.

교문을 나와서부터는 내가 비를 한 방울도 맞으면 안 된다는 듯이 자기 쪽으로 나를 더 끌어당겼다. 부끄러웠지만 그가 하는 대로 내 몸을 맡겨주었다. 그러다보니 걸음걸이가 엇박자 나면서 서로 몸이 더 가까이 밀착되고 그의 규칙적인 숨결이 그대로 내 가슴에 전달되었다. 그때마다 내 심장이 요란하게 뛰었다.

"왜 이렇게 떨리지…."

그가 내 마음을 아는 듯이 나를 보며 미소를 지었다. 근데 뭔가 이상했다. 그의 옷이 다 젖어있었다. 그의 몸의 반은 비를 맞았다. 그가 내 쪽으로 우산을 밀어 나를 더 씌어줬던 것이다. 나는 미안했다. 둘 사이의 몸에 끼워져서 할 일이 없어진 어중간한 내 왼손으로 우산을 들고 있는 그의 손을 감싸서 우산을 그의 쪽으로 밀었다. 우리는 약속이나 한 듯 서로를 쳐다보며 어색하게 웃었다. 근데, 그의 손은 따뜻했다.

나는 중학교에 입학하고 하얀 칼라의 교복을 입으면서부터 동화 같은 사랑을 꿈꿔왔다. 그때는 사랑이 감미롭고 영원하다고 믿었다. 그러면서 내가 공주는 아니지만 백마 탄 왕자를 상상했다. 고등학생이 되고 어느 날 선배가 눈에 들어오면서부터 사랑은 당장에 내가 풀어내야할 현실이 되었다. 그리고 마침내 선배의 관심을 얻는데 성공했다. 사랑은 이제부터 시작이다. 1년 만에 영광의 촌뜨기가 만들어낸 기적이었다. 사랑의 기적.

"이 비가 그치면 살아있는 모든 것들은 더 바빠지고, 요란스러워지고…, 내일부턴 내 사랑도 분주해지겠지."


일기 2

나의 사랑은 이렇게 가슴 뛰는 프로포즈로 그 출발을 알렸다. 그러나 내 앞으로 다가오는 운명은 가혹했다. 그와의 만남이 계속되면서 불행의 그림자가 서서히 내 주변에 드리워지기 시작했다.

지금까지 나는 정치에 관심 없이 살아왔다. 그러나 그를 만나고 나서부터 하나 둘 정치적인 것들이 보이기 시작했다. 처음으로 학교 앞 골목마다 담벼락에 붙어있는 대통령선거 벽보가 눈에 들어왔다. 나는 그가 야학을 하며 왜 이 고생을 하는가를 내가 참가한 야학이 끝나고 집에 가는 길에 물었다. 그때부터 호칭이 선배님에서 오빠로 바꼈다.

"노동자들의 권리를 찾아주고 싶어."

오빠의 그 한마디가 나를 안심시켰다. 나는 그의 말대로 그가 노동자들도 잘사는 우리나라를 만들기 위해 학생운동을 한다고 믿었다. 그 후로 그가 하는 일을 한 번도 의심하거나 따지지 않았다. 오히려 그의 운동권적인 성향에 나를 맞춰나갔다.

며칠 후면 대통령 선거였다. 학교 정문에서도 보이는, 도로를 가로질러 걸려있는 플래카드가 제 7대 대통령 선거를 알렸다. 그날은 10일 후인 4월 27일이었다. 나는 이번 선거에 관심을 안 가질 수가 없었다. 4월 27일이 내가 태어나서 처음으로 투표하는 날이기도 했으나 그것보다는 그의 아버지가 이번에 신민당 대통령 후보로 출마한 김대중과 뜻을 같이하는 정치인으로 그 때문에 김대중 후보가 당선되어야지 그도, 그의 아버지도 행복해 할 것 같아서였다. 근데 그는 뜻밖의 말을 했다.

"공화당 후보 박정희가 당선되면 독재자가 될 거야."

나는 그 말의 뜻을 전부 이해하지는 못했으나 왜 독재자가 되는지는 묻지 않았다. 그 때문에 각 후보들의 유세현장이 더 궁금해졌고, 집에 돌아오면 제일먼저 라디오를 틀어 뉴스를 들었다. 서울 장충단공원의 유세에 대해 보도하고 있었다. 100만 군중이

운집한 가운데 김대중 후보가 열변을 토했다.

"이번에 박정희 씨가 승리하면 앞으로는 선거도 없는 영구집권의 총통시대가 온다는 데 대한 확고한 증거를 가지고 있습니다."

다음날 학교에서 오빠를 만나 학교 앞 다방으로 갔다. 이제는 그와 커피를 마시는 일이 자연스러운 일이 됐다. 고등학교 앞의 수다스런 골목 빵집이 아닌, 분위기 좋은 다방에서 그와 마주앉아 그의 얼굴을 내 앞에 두는 것만으로도 나는 행복했다. 그런데 그의 관심은 온통 이번 선거에 가있었다. 내가 묻지도 않았는데 장충단공원의 유세에 대해 말했다.

"당선이 유력한 후보가 뭐가 부족해서 그런 말을 하겠어? 국민들을 선동해서 표를 얻으려고? 나는 아니라고 봐. 무려 100만 군중 앞에서 그런 말을 했다면, 그만큼 지금이 심각한 상황이라는 거야. 이런 불행을 막기 위해서는 달리 방법이 없어. 김대중 후보가 당선되는 것 밖에는."

4월 27일, 드디어 날이 밝았다. 평상시보다 늦게 일어났다. 나는 그동안의 밀린 빨래를 했다. 묵은 때를 씻어낸 것뿐인데 내 기분이 홀가분해졌다. 점심으로 라면을 끓여먹고 근처 초등학교에 설치된 투표소에 가서 투표를 했다.

나는 내일 발표할 리포트를 준비하다가 정확히 6시에 라디오를 틀었다. 벌써 개표방송을 하고 있었다. 라디오에 바짝 다가가 앉아서 듣다가 다리에 쥐가 나면서 드러누웠다. 몇 시간 째 계속 후보별로 발표되는 득표 숫자에 내가 채면이 걸리면서 나도 모르게 그대로 잠이 들었다. 눈을 떠보니 새벽이었다.

"어떻게 됐어? 김대중 후보가 당선됐어?"

소리치며 벌떡 일어났다. 머리맡에 놓여있는 라디오에서 김대중 후보가 박정희 현직 대통령에게 94만 표로 석폐 했다고 반복해서 보도했다. 오빠가 우려했던 일이 현실이 된 것이다. 내 간절한 기도도 소용이 없었던 모양이었다. 나는 가슴이 철렁 내려앉으면서 오빠가 걱정되었다.

"아, 어떻게 해…. 오빠가 얼마나 실망할까?"

그날 오후에 오빠를 만났다. 그에게는 나의 위로가 필요했다. 그래서 다방이 아닌 술집으로 갔다. 그는 안주로 시킨 김치찌개가 나오기도 전에 연거푸 소주 몇 잔을 들이켰다. 술기운이 올라오는지 굳어있던 얼굴 표정이 조금은 풀어졌다. 그때서야 내가 보이는 모양이었다. 그가 나에게 한마디 한다는 말이 나를 더 걱정스럽게 만들었다.

"하루아침에 바뀌는 것은 없어. 싸움은 이제부터야."

"싸워요? 누구하고요?"

내가 놀라는 데도 그는 대답도 않고 술을 들이켰다. 나한테 집중 좀 하라며 그의 어깨를 밀쳤는데 입으로 가져가려는 술잔이 엎질러지면서 나는 아차 싶었다. 여기 오기 전에 오늘은 그가 무슨 말을 해도 다 받아주기로 마음먹었었다. 나도 선거결과에 화가 나는데 그의 심정이야 얼마나 더 오죽하겠는가. 내가 지금 그를 위해 할 수 있는 일은 그와 같이, 그와 같은 마음으로 나도 술을 들이키는 것이다.

일기 3

대선이 끝나고 얼마 안 있어 대선플래카드가 걸렸던 그 자리에 또 다른 플래카드가 바람에 나부끼고 있었다. 나는 그것이 걸리고도 며칠 뒤에 그것도 우연히 발견했다. 제8대 국회의원선거가 5월 25일에 치러진다는 내용이었다. 나는 오빠가 또 바빠지겠구나 생각했다. 그런데 동아리 사무실에서 그를 만났지만 그는 이 선거에 대해서 어떠한 말도 하지 않았다. 그 때문인지는 몰라도 나도 별로 관심을 갖지 않았다.

그럭저럭 국회의원 선거 날이 다가왔다. 나는 아침 일찍 선거를 끝내고 학교에 갔다. 휴게실에서 신문을 뒤적이다가 사회면에 실린 사고에 눈길이 갔다. 목포 지원유세에 나선 김대중 씨가 탄 차량이 전남 무안지역 국도를 달리던 중 14톤 대형트럭과 충돌하여 3명이 숨지는 사고가 발생했고, 김대중 씨는 다행히 골반관절 부위에 부상을 당했다는 내용이었다.

"혹시 오빠의 아버지도 사고를…."

나는 오빠의 아버지가 걱정돼 강의동 3층에 있는 야학동아리 사무실로 갔다. 선거 날이라서 그런지 아무도 없었다. 나는 그를 기다리기로 했다. 그 동안에 서너 명의 동아리 회원들이 와서 일을 보고 돌아갔다. 시간은 더디게 흘러갔다. 이미 창밖은 어두워져 있는데도 그는 나타나지 않았다. 그때 마침 그와 친하게 지낸다는 한 회원이 들어왔다.

"혹시 대장 못 봤어요?"

"아니, 못 봤는데요. 근데 서연 씨, 어제도 대장하고 같이 있지 않았어요? 싸웠어요?"

둘이 사귀면서 왜 자기한테 물어보냐는 말투였다. 내가 멋쩍은 표정을 짓자 그는 다 알고 있다는 듯 웃었다.

"대장을 만나게 되면 서연 씨가 목 빠지게 기다리고 있다고 전해주겠습니다."

놀림이 섞인 그 말에 나는 대답하지 않았다. 계속 기다리다가 10시가 넘어서야 나왔다. 그 다음날에도 사무실에서 그를 기다렸다. 온갖 불길한 생각으로 걱정이 쌓여 가는데 오후 늦게 그가 모습을 보였다. 나는 반가움에 소리를 버럭 질렀다.

"오빠!"

"미안해. 미안해. 그럴 만한 사정이 있었어."

미안해하는 그의 표정에서 진짜 미안한 마음이 읽혀졌다. 우리는 학교 근처 다방으로 갔다. 그가 숨을 고르더니 그동안의 자초지종을 설명했다. 내가 신문 기사를 보고 혹시 했던 그 자동차 사고와 관련이 있었다.

"선거 하루 전에 무안 국도에서 교통사고가 있었어."

"나도 신문에서 봤어요."

"그래, 알고 있었구나. 그 사고로 아버지도 부상을 당했어."

"네?"

나는 놀라 그의 얼굴을 쳐다봤다. 그는 침착하게 말을 이어갔다.

"다리가 부러졌는데, 다행히 다른 데는 이상이 없어."

"정말요?"

"그래, 걱정하지 않아도 돼."

나는 안도하고 있는데, 그는 이 교통사고가 정적을 제거하려는 정권의 음모일 수도 있다며 흥분했다. 그의 말에 동조하긴 했지만 지금 그에게는 데이트가 필요했다. 계속되는 그의 정치얘기를 과감히 중간에 끊고, 오랜만에 영화나 보러가자며 그의 손을 이끌고 영화관으로 향했다.

## 6

광주에서 지혜가 모르는 사람한테 전화가 왔다. 자기는 연극 배우이자 연출가인데 이번 연극에 그녀를 캐스팅하고 싶다며 한 번 만나자는 것이었다. 그는 바로 이메일로 자기의 프로필과 연극자료를 보내겠다고 했다.

반시간도 안 돼 그가 이메일을 보내왔다. 마침 지혜는 책상에 앉아 인터넷을 하고 있는 중이어서 그가 보내준 자료를 봤다. 그녀에게 전화를 했던 사람은 시인이자 연극인인 이승호였다. 직접 그를 만난 적은 없으나 5.18 시민단체에서 왕성하게 활동하는 사람이어서 이름은 알고 있었다.

그가 그녀에게 출연을 제안한 연극은 〈오월의 노래〉였다. 이 작품은 1980년 당시 계엄군에 맞서 싸우다 한쪽 눈을 잃은 이승호와 그를 지켜보며 고통스런 삶을 살아 낸 어머니의 이야기를 토대로 했다. 2013년 초연을 시작으로 지금까지 매년 무대에 오르고 있는 이 연극에서 그는 아들 역을 맡았다. 그가 그녀에게 제안했던 역은 어머니였다.

지혜는 고민을 했다. 광주를 소재로 한 영화가 곧 촬영에 들어가면 서너 달은 다른 일은 할 수 가 없다. 우선 그의 이야기를 들어보기로 하고 그에게 전화를 했다. 두 번째 통화라서 그는 편안했던지, 아니면 그녀에게 친근감을 주기위해선지 그의 말투에는 광주의 진한 사투리가 섞여있었다. 그의 굴곡진 삶이 묻어나는 목소리였다. 그녀도 광주에서 태어나서 자라 전혀 거부감이 없었다. 오히려 그의 그런 태도에 더 신뢰가 갔다. 그녀는 그와 광주에서 곧 만나기로 약속하고 전화를 끊었다.

지혜는 요양원의 그 사내에게 가기 전에 일기에서 언급했던 그 당시의 교통사고를 인터넷에서 검색했다. 1971년 5월 24일 오전 9시 반쯤 전남 무안군 국도에서 목포를 떠나 광주로 가던 김대중의 세단이 반대쪽에서 오던 트럭과 충돌했고, 김대중은 이 사고를 정권의 음모로 주장했다는 내용으로 엄마의 일기장에 씌어있는 그대로였다.

오후 늦게 요양원에 도착했다. 지혜는 곧바로 사내가 누워있는 방으로 올라갔다. 그녀가 들어왔는데도 아무런 반응이 없는 그를 보고 이 남자는 "내가 읽어주는 일기를 반가워나 할까,"라는 의문이 들었다. 그가 코마상태라는 걸 깜박한 것이다. 그러나 그것도 잠시 그녀는 그 일이 그녀의 의무라고 여기는 듯 침대 옆의 의자에 앉아 일기를 읽기 시작했다.

**일기**

1972년 10월 17일에 10월 유신이 단행되었다. 그 다음날 그를 만났는데, 그는 웬일로 아버지를 걱정하고 있었다.

"어제 유신이 발표됐잖아. 아버지는 김대중 의원님과 함께 일본에 계셨는데, 그 발표를 보고 오늘 귀국해서 유신을 규탄하는 반정부투쟁에 들어갔어. 그런데 어머니가 그러시더라. 아버지 신변이 위험하다고."

나는 설마 무슨 일이야 있겠냐며 그를 안심시키려 일부러 웃으면서 수다를 떨었지만 그는 하나도 호응해주지 않았다. 이 날도 그는 유신반대 시위를 하러갔다. 그의 뛰어가는 뒷모습을 보면서 이제는 내가 불안해서 견딜 수가 없었다.

그날이 마지막이었다. 10월 18일 이후로 그는 학교에서 사라졌다. 나는 날마다 동아리 사무실로 나가서 그를 기다리는 것이 나의 일과가 돼버렸다. 어느 날, 우연히 집어든 신문에서 도쿄 그랜드 팰리스 호텔에 묵고 있던 김대중이 신분을 알 수 없는 사람들에 의해 납치돼 바다 한가운데서 수장될 위기의 순간에서 살아남아 가택연금 되었다는 기사를 발견했다.

"대통령 후보가 됐던 사람도 이러는데, 그의 아버지는 무사할까?"

또 다시 걱정이 시작됐다. 나는 그를 빨리 만나야지만 안심하고 살 것 같았다. 그러나 1주일이 지나도, 또 1주일이 지나도 그는 나타나지 않았다. 내가 사랑하는 사람이 갑자기 행방불명이 됐는데 나는 속수무책이었다. 기다리고 기다리면서 추측하고, 초조해하면서 온갖 끔찍한 상상을 다 해보는 것 말고는 내가 그를 위해 할 수 있는 일이 없다는 사실이 나를 무기력하게 만들었다.

4주째 되는 날 월요일에 그가 동아리 사무실에 나타났다. 얼굴이 까칠하고 핼쑥했다. 나는 그를 보자마자 그동안 원망했던 마음은 눈 녹듯 사라지고 무사하다는데 안도하면서도 반갑게 그를 불렀다.

"오빠!

그런데, 그의 얼굴은 반갑지 않은 표정이었다.

"오래만이야."

3주 만에 만나서 하는 첫마디로는 대단히 실망스러웠다. 미안해, 하며 화가 난 내 마음을 단번에 풀어 줄 기분 좋은 말을 기대했는데 그는 단순히 인사치레, 그것도 친구들에게나 하는 건조한 한마디뿐이었다.

"연락도 없이 이제 나타나서…, 오빠가 이러면 안 되는 거 아냐?"

화가 나서 그의 얼굴을 빤히 쳐다봤다. 그런데도 그의 표정에는 아무런 변화가 없었다. 그가 너무 그러니까 오히려 내가 걱정이 됐다.

"무슨 일 있으세요?"

"나랑 어디 좀 갔다 오자."

"정말 무슨 일 있구나?"

그는 내 물음에는 답도 없이 먼저 사무실을 나갔다. 그의 뒷모습이 무거워 보였다. 그에게 뭔가 심상치 않은 일이 일어났구나, 직감하고 말없이 그 뒤를 따라 나섰다.

나는 그가 빌린 승용차를 타고 말없이 앉아 있었다. 그는 내게 목적지를 설명하지 않고 앞만 보며 운전했다. 차안에는 내가 먼저 나서서 말을 꺼낼 수 없을 정도로 소리도 빛도 없는 바다 속 같은 침묵이 깔렸다.

차가 광주를 빠져나와 지방 국도를 달렸다. 월요일 낮 시간이라서 그런지 도로는 한산했다. 먼지가 날리는 비포장도로이긴 했으나 쿵쿵 거리면서도 시원하게 달리는 승용차의 차창으로 논과 밭과 마을과 그 뒤의 능선과 완만한 산들이 스쳐지나갔다.

이미 수확이 끝난 11월의 논과 밭은 황량한 벌판이었다. 차안에서는 보이지 않았으나 바람이 불었다. 산 밑으로 들풀이 흔들리고, 뼈대만 남은 비닐하우스에는 몇 조각 겨우 남은 찢겨진 비닐이 녹슨 파이프에 간신히 걸쳐져서 하늘을 향해 펄럭이며 아우성을 쳤다. 겨울로 가는 길목의 풍경이었으나 운전하고 있는 그의 심정을 보는 것 같았다.

"내가 그의 손을 잡아 줄까, 아니면 그가 내 손을 잡아 줄까?"

차가 함평을 지나면서 익숙한 마을이 눈에 들어왔다. 내가 대학에 합격하고 광주에서 생활하면서부터 주말마다 직행버스를 타고 고향집에 갈 때에 지나가는 도로였다. 분명 지금 승용차는 영광으로 가고 있었다. 그러나 나는 왜 가는지 묻지 않았다. 앞으로 반시간만 참으면 우리는 영광 읍내에 도착할 것이고, 그때는 그도 마지못해서라도 그곳에 온 이유를 설명해줄 것으로 믿었다.

차가 영광 읍내로 들어섰다. 내가 고등학교 3년 동안 날마다 다녔던 거리였다. 차가 해룡고등학교를 지나 도로 옆 꽃집 앞에 멈춰 섰다.

"잠깐 기다려."

"왜요? 꽃을 사게요?"

"응."

이번에는 웬일인지 내 물음에 친절하게 대답해 주었다. 그는 차에서 내려 꽃집 안으로 들어갔다. 나는 차안에서 그를 지켜봤다. 그는 가게 안과 바깥에 진열된 여러 종류의 조화와 생화를 살피고는 여주인에게 뭔가를 말하자 여주인이 20여 송이는 됨직한 국화꽃을 집어 들고 정성스럽게 포장해 그에게 건넸다. 그 옆에서 포장하는 여주인의 손놀림을 묵묵히 지켜보던 그가 포장된 국화꽃을 받아들고 한참을 그대로 서있었다.

"누굴 축하하기 위해서 사는 걸까?"

나도 그가 들고 있는 국화꽃을 바라보았다. 그 짧은 순간에 내가 왜 그런 상상을 했는지 모르겠다. 내가 전남대학교에 입학해서 처음으로 그를 만나러 교문에서부터 강의동까지 걸어갈 때 그길 양옆으로 늘어선 벚꽃나무에서 흐드러지게 핀 벚꽃이 눈처럼 날렸었다.

"그때처럼 지금 내가 저 국화꽃을 오빠의 머리 위에서 흔들어대면 국화꽃이 한꺼번에 떨어져 눈송이처럼 날리겠지. 그러면 그때의 나처럼 오빠도 화사하게 웃으며 좋아할까?"

그러나 나의 바람과는 달리 그는 여전히 무표정했다. 국화꽃을 들고서도 웃지 않았다. 그 어긋난 모습에서 짐작컨대 그가 누굴 축하하기 위해서 그 꽃을 산 것 같지는 않았다.

그가 내 옆으로 돌아왔다. 나는 왜 꽃을 샀는지 묻지 않았다. 승용차가 다시 출발하여 영광 읍내를 빠져나갈 즈음에 그가 무겁게 입을 열었다. 광주를 출발한지 거의 2시간 만이었다. 나는 그의 얼굴을 쳐다보았다. 눈동자가 흔들리고 있었다.

"사실은 아버지가 돌아가셨어."

"네?"

나는 너무 놀라 심장이 쿵~ 하고 떨어지는 줄 알았다. 말벌이 귓속으로 들어가서 휘젓고 다니는 것처럼 웅~웅~거렸다. 내가 충격을 받으면 나타나는 병이었다. 내 목소리는 이미 떨렸다.

"왜요? 왜 갑자기?"

"병이 악화 돼서…."

"병이요? 무슨 병이요?"

그는 대답을 하지 않았다. 병은 핑계고 무슨 말 못할 사연이라도 있는 걸까, 도무지 짐작이 안 되었다.

"왜 나한테 연락을 안했어요?"

"그게…."

그는 대답을 못했다. 나는 서운했다.

"내가 그에게 어떤 사람일까? 그가 힘들 때 내가 그의 손을 잡아줄 수나 있을까?"

그러나 나는 그를 이해하기로 했다. 갑작스럽게 상을 당해서 얼마나 경황이 없었으면 그랬을까, 그렇게 생각해야 내가 편해질 것 같았다.

승용차가 시골길을 달려 그의 고향마을을 지나쳐서 한적한 산 밑으로 들어가 주차했다. 그는 차 트렁크에서 가방을 꺼내 들고 산속으로 난 길을 올라갔다. 나는 국화꽃을 들고 그의 뒤를 따랐다. 산의 중간쯤에서 그가 나를 돌아보며 말했다.

"이 산은 우리 선산이야. 이곳에 아버지를 모셨어. 여기서 한 5분만 더 올라가면 돼."

여기서 5분이라는 말에 이제야 그의 아버지의 죽음이 나의 현실로 받아들여졌다. 눈물이 막 쏟아 질것만 같았다. 나는 슬픔을 지고 가는 그의 뒷모습을 보면서 마음을 다잡았다. 울지 말자고, 나는 절대 울지 말자고, 내가 울면 그가 더 슬퍼하니까 울지 말고 어른스럽게 그를 위로해 주자고 몇 번이고 다짐했다. 그러나 발걸음을 옮길 때마다 가슴에서부터 무너지는 소리가 들려왔다.

얼마쯤 더 올라가니 무덤이 나타났다. 그의 아버지 묘다. 그는 가져온 소주를 따라 아버지께 바치고 절을 했다. 그는 의외로 담담했다. 슬픔이 크면 오히려 냉정해지는 걸까. 그는 나를 아버지께 소개를 했다.

"아버지 제 여자 친구 데려 왔어요. 보고 싶어 하셨잖아요."

나는 한 번도 뵌 적이 없는 아버지께 술을 따라드리고 절을 했다. 그는 울지 않은데 나는 흐느껴 울었다. 한참동안 그런 나를 묵묵히 바라보았다. 내가 울음을 그치고 진정하기를 기다려 그는 말했다.

"너를 아버지께 소개하고 싶어서 같이 온 거야. 살아계실 때 아버지가 너를 보고 싶어 했거든. 늦었지만 지금이라도 아버지가 너를 보고 기뻐하실 거야."

그 말을 들으니 다시 눈물의 나왔지만 참았다. 그 앞에서 계속 울면 안 될 것 같았다. 일부러 씩씩한 표정을 하고 그를 바라보는데 이제는 그가 울음을 터트렸다. 통곡에 가까웠다. 나는 갑작스런 그의 변화에 당황했다. 지금 이 상황에서는 그를 그대로 지켜볼 수밖에 없었다. 나는 그가 아버지에 대한 회한을 풀어낸다고 생각했다. 그는 한참을 더 울었다. 얼마 후 마음이 진정됐는지 울음을 그치고 가라앉은 목소리로 말했다.

"아버지는 고문으로 돌아가셨어."

"고문이요?"

영화 속의 대사에서나 들을 수 있는 그 무서운 단어가 그의 입에서 나왔다. 홍역주사 맞던 그 날이 떠올랐다. 태어나서 처음으로 내가 주사를 맞기 전까지는 어떤 것이 진짜 두려운 것인지를 몰랐다. 사탕 사주겠다는 엄마의 말에서 내가 뭔가 큰일을 치러야 한다는 낌새를 알아채고 병원 계단에서부터 들어가지 않겠다고 떼를 써보지만, 엄마는 "고까짓거 쬐끔만 참으면 되는디 땡깡이면 땡깡이어"하며 막무가내로 나를 끌어다가 병실 의자에 앉혔다. 그때만큼은 절대로 엄마를 이길 수가 없었다.

하얀 가운을 입은 간호사가 조그만 약병에 들어있는 하얀 액체를 주사기에 주입하면서부터 엄마는 두 손으로 내 왼쪽 어깨를 억세게 붙잡아 꼼짝도 못하게 했다. 이미 체념을 했는데도 내 얼굴은 사색이 다됐다. 엄마가 "하나도 안 아파야"하며 나를 안심시키려고 하는 말이 "너는 인제 죽었어야"로 들렸다.

간호사가 오른손으로 주사기를 들고 공중을 향해 한번 짧게 분무를 하고 내게 다가오는 그 순간부터 내 시선이 주사기 바늘에 고정되면서 나는 까무러치게 울었다. 그 후, 건강을 위해서 주사를 맞아야한다는 것을 이해할 때까지 주사는 내게 두려움 그 자체였다.

끌려온 사람들이 거꾸로 매달린 채 비명을 지르며 고문 받는 영화 속 장면들이 그의 아버지의 모습과 겹쳐지면서 비로소 고문이란 단어가 내게도 무시무시한 공포로 다가왔다. 그가 말을 이어갔다.

"일본에서 돌아오신 그 다음날 정보부 요원들에 의해 끌려갔다가 일주일 만에 풀려나셨는데, 아버지의 몸은 이미 성한 데가 한 군데도 없었어. 의식이 없이 누워계시다가 이틀 만에 돌아가셨어."

이제는 아버지에게도 나의 강한 모습을 보여줘야 될 것 같았다. 그래야 아버지가 편안하게 영면할 것 같았다. 나는 손수건을 꺼내 그의 눈물을 닦아 주었다. 어디서 그런 기특한 행동이 나왔는지 모르겠다. 그를 만나면서부터 진짜 어른이 다 되어버린 것 같았다. 나는 속으로 아버지께 말했다.

"아버지, 오빠와 잘 살게요. 걱정하지 마세요. 아버지도 하늘나라에서는 민주화투쟁은 그만 하시고 편안하게 사세요."

나는 일어나서 무덤을 둘러보았다. 오빠가 정성을 다 쏟아서인지 무덤은 단정하게 정리돼 있었다. 흙이 유실되는 것을 막기 위해 무덤에 단단하게 잔디를 입혔고 그 주변으로 그가 심었을 향나무가 서너 그루 서있었다.

그가 가방에서 꽃병을 꺼내 내게 건네줬다. 나는 그 꽃병에 국화꽃을 정성껏 예쁘게 꽂아 무덤 앞에 놓았다. 그 주변이 환해졌다.

"아버지가 국화꽃을 좋아하셨어요?"

"어머니가 국화꽃을 좋아하셨어. 아버지는 정치한다면서 밖으로만 도실 때, 어머니 혼자 집안 살림을 도맡아 꾸려가셨지. 아버진 그게 미안해선지 특별한 날도 아닌데 자주 국화꽃을 어머니한테 선물하셨어. 그러다보니 나중에는 아버지도 국화꽃을 좋아하게 됐다는 거야."

그의 말을 듣고, 나는 다시 국화꽃을 바라보았다. 꽃병속의 꽃송이들이 서로를 바라보며 근심걱정 없이 웃고 있는 것 같았다. 이제 아버지는 쓸쓸하지 않을 것 같아 내 마음도 한결 가벼워졌다.

"이제 아들이 아버지한테 국화꽃을 선물하네요. 아버지가 좋아하실 거예요. 더 이상 외롭지 않으실 거구요."

시간이 많이 흘렀는지 해가 지면서 묘지에 그늘이 드리워졌다. 나는 고개를 들어 산 아래를 바라보았다. 방금 우리가 올라왔던 길이 한눈에 들어왔다. 전망이 좋아서 아버지도 답답해 하시지 않을 것 같았다.

이미 날은 어두워졌다. 승용차는 영광을 빠져나와 국도를 달렸다. 창밖으로 멀리 마을에서 반짝이는 불빛이 아련하게 보였다. 광주가 가까워질 즈음에 그가 말했다.

"아버지가 잠깐 정신이 돌아왔을 때 내게 당부하셨어."

"뭘요?"

"당신이 어머니한테 못다 한 것 내가 대신 어머니 잘 모시고 살아야 된다고. 근데 그 말씀이 유언이 돼버렸네."

그가 내게 왜 그런 말을 했을까를 곰곰이 생각해봤다. 그것은 그가 더 이상 학생운동을 하지 않겠다는 약속이 아닐까. 나한테 하는 약속. 그가 잘못되면 그를 믿고 살아가는 어머니까지 쓰러지니까. 나는 그렇게 믿었다.

"그래, 오빠가 엄마 잘 모시면 되겠네. 나도 잘 할게요."

나의 그런 반응을 예상하지 못했는지 그가 나를 보고 웃었다. 오늘 처음으로 보는 미소였다. 짓눌려 있던 나의 마음도 한결 가벼워졌다. 그는 광주에 도착해서 나를 내 자취방 앞에서 내려줬다. 내일 학교서 만나기로 하고 우리는 헤어졌다.

그런데, 그 날이 우리의 긴 이별의 시작이 돼버렸다.

그 다음날 그는 약속시간에 나타나지 않았다. 한 달 째 나타나지 않았다. 아무도 그의 행방을 몰랐다. 이대로 더 가면 내가 미쳐버릴 것 같았다. 나는 불안한 마음을 참을 수 없어 그의 누나가 과수원을 하며 살고 있는 영광 고향집으로 갔다. 그의 어머니는 아직 서울 집에 계셨다. 누나는 눈물을 흘리며 설명해줬다.

"아버지가 돌아가시고 난 후에 영훈이는 더 이상 학생운동을 하지 않았어. 근데, 시위를 주도했다는 이유로 경찰에 잡혀 서울로 끌려가 고문을 받은 모양이야."

고문이라는 단어가 이번에는 누나 입에서 나왔다. 내가 보거나 듣지 않았다고 고문이 없는 것은 아니었다. 내가 순진해서 몰랐을 뿐이지, 진작부터 고문은 우리 곁에, 우리 가장 가까운 곳에 있었다. 지금 이 순간에도 음습한 밀실에서 거리낌 없이 자행되는 고문이 그의 아버지를 죽게 하고, 이제는 나를, 그의 누나를 분노와 공포로 몰아넣었다.

"반강제적으로 각서를 쓴 후에야 풀려났는데, 이미 학교에서는 제적처리가 됐고, 곧바로 군에 끌려갔어."

간신히 말을 끝낸 누나가 참았던 울음을 터트렸다. 아버지를 떠나보낸 지 얼마 되지 않아 다시 이런 일을 겪었으니 마음이야 오죽하겠는가. 나는 따라서 같이 울 수가 없었다. 그녀를 위로해 줘야 했으니까.

내가 살고 있는, 내가 살아가야 하는 대한민국에서 어떻게 이런 일이 일어날 수 있을까 하는 끔찍한 현실에, 광주로 돌아가는 버스 안에서 나는 너무 분해서 몸을 부들부들 떨었다.

11시가 넘어서 자취방으로 돌아왔다. 빈방이었다. 벽에 기대어 벽을 바라보며 한참동안 멍하니 앉아있었다. 혼자였다. 나는 혼자가 됐다. 너무 늦게 이제야 실감이 되었다. 귓속에서는 매미가 상수리나무 가지에 착 달라붙어서 악착스럽게 울어대듯 앵앵거렸다.

"아, 이 세상을 어떻게 살아가야 하나."

흐느껴 울었다. 지금 군대생활을 하고 있을 그를 그리워하면서, 처절하게 망가지고 상처 입은 그의 마음을 위로하면서 나는 흐느꼈다.

# 7

지혜는 고속버스를 타고 광주에 내려가는 중이었다. 지방을 가는 데는 늘 고속버스나 열차를 이용했다. 오랜만에 누구의 방해도 받지 않고 혼자 사색을 하거나, 창밖의 풍경을 바라보는 호사를 누릴 수 있으니까. 중간에 한번은 들르는 휴게소에서 김밥이나 우동으로 빈속을 채우는 것도 소소한 즐거움이었다.

이런 저런 생각을 하다가 그녀도 모르게 잠이 든 모양이었다. 깨어보니 광주였다. 버스가 톨게이트에서 통행료를 지불하고 광주 시내로 들어섰다. 그녀가 초등학교 입학 전까지 살았던, 그녀가 태어난 도시인데도 올 때마다 느끼는 것이지만 늘 낯설었다. 왜 그런지는 쉽게 설명이 안 되었다.

이제 광주도 많이 변해 택시를 타야만 목적지에 가기가 편했다. 그녀가 이승호와 약속한 장소는 금남로 옛 도청건물 맞은편에 있는 카페였다. 그녀는 택시를 타고 그곳으로 갔다. 차창으로 보이는 도로변의 간판에 예향의 도시 광주라는 문구가 눈에 띄었다.

"예향!"

가슴부터 뜨거워지는 말이다.

"그렇다면 광주가 예향 아닌 도시와 어떤 차이가 있을까?"

서울 주변의 도시도 저마다 이름 앞에 예향을 앞세웠다. 택시가 목적지에 도착했다. 약속시간보다 반시간이나 빨리 도착했다. 카페 안을 둘러봤다. 아직 그를 닮은 사람은 없었다. 그녀는 창가 테이블에 앉아 그를 기다렸다.

이승호는 60대 중반의 나이인데도 인터넷에 나와 있는 얼굴만 보면 청년이었다. 그를 직접 만난 적은 없었다. 그래도 그가 입구로 들어오면 금방 알아볼 수 있을 것 같았다. 시간이 가까워지면서 그녀의 시선은 입구로 향했다. 그때 키 큰 청년이 입구에 나타났다. 두리번거리는 모양이 누군가를 찾는 폼이었다. 너무 젊다보니 아니겠지 했는데 그가 그녀 쪽으로 다가 오다가 멈췄다. 그녀를 보고 지혜라고 확신을 못하는 것 같았다. 그녀가 보니 그는 분명 이승호였다. 그녀가 손을 흔들어주자 그가 그녀에게 다가와 인사를 했다.

"안녕하십니까."

그의 카랑카랑한 목소리에 압도당해 그녀도 벌떡 일어서서 인사를 하고 그가 내민 손을 잡고 악수를 했다. 그때 그의 얼굴을 정면으로 보았다. 세월의 흔적이 있었다. 그래도 그를 누가 60대로 보겠는가.

"선생님, 젊으시네요."

"철이 없어 그러지라. 연극하는 사람들은 다 철이 없어라."

그의 말이 맞을 지도 몰랐다. 연극이 정해지면, 그때마다 캐스팅된 새로운 스텝과 배우들이 날마다 서로 호흡을 맞춰 연습하다보면 어느새 나이는 없어지고 그들에게는 각자 역할의 캐릭터만 남으니까. 그래서 가끔은 연극이 끝나면 현실과 연극을 혼동해서 연극에서 자기가 맡았던 인물로 살 때도 있었다.

"선생님, 저도 철이 없는데요."

"오매~ 처자도 그려요이?"

그녀가 철이 없다는 그의 말에 공감을 표하자 그가 기분이 좋아졌는지 크게 웃으며 자기소개와 〈오월의 노래〉에 대해 설명을 했다. 그의 말투는 사투리 반 서울말 반이었다.

이승호는 그 당시에 공수부대에 맞서 싸웠던 사람이라고는 믿기지 않을 정도로 감정이 여리고 풍부했다. 시작은 웃으면서 했다. 그러나 끝내면서는 무슨 이유에선지 그녀를 지그시 바라보더니 그의 눈에 눈물이 글썽였다. 당황했지만 누구나 5.18의 아픔이 있는 사람이라면 그럴 수 있다고 생각했다. 그녀는 그가 제안한 역을 맡기로 했다. 단 영화 촬영이 끝나고 나서 참여하기로 했다. 그에게서 대본을 받고 그와 헤어졌다.

밖은 어두워져 있었다. 서울로 올라가는 고속버스 안에서 그녀는 상념에 젖었다. 광주와 분리시켜 생각할 수 없는 엄마. 이승호는 그의 그런 엄마를 연극 무대에 세웠다.

"내가 진짜 그 엄마 역을 할 수 있을까? 지금도 나는 내 엄마조차 이해하지 못하고 살아왔는데…."

그녀가 아직도 창밖의 어둠 같은 곳에 갇혀있다고 생각했다. 그러나 언젠가 어느 지점에서 엄마와 딸은 만날 것이다. 그녀도 그것을 알고 있었다.

# 8

요양원의 그 사내는 잠을 자면서도, 잠속에서도 깨어나는 시간은 지켰다. 6시에 시간을 맞춰 논 괘종시계가 없어도 그가 어디에 있든, 일어나기 1시간 전까지 아무리 힘든 일을 하고 잠자리에 들었든 그 시간에는 자동적으로 눈이 떠졌다. 아마 그가 군에 갔다 왔다면 6시에 기상하는 그 습관이 그 이유일 것이었다.

물론 그가 태어날 때부터 그런 것은 아니었다. 초등학교 3학년 때였던가. 학교에서 구구단과 국민교육헌장을 못 외워 선생님한테 야단을 듣고 집에 와 누워서 외우다가 깜박 잠이 들었는데, 아주 깊은 잠이었다. 학교가라는 엄마의 목소리에 정신이 혼미한 채로 일어나 벌써 아침인가, 하며 가방을 싸다가 아무래도 이상해서 밖을 보니 아침인지 초저녁 인지 헷갈렸다. 그때 부엌에서 저녁을 짓다가 허둥대는 모습을 보고 빙그레 미소를 짓는 엄마를 보고서야 알았다. 속아서 분한 것 보다 아침이 아닌 저녁이란 것에 얼마나 안도했던가.

요양원의 사내는 정확히 6시에 일어났다고 생각했는지 일기를 읽어주는 여자를 기다렸다. 아마 하루 종일 기다렸을 것이다.

"왜 오늘은 오지 않지? 혹시 오다가 사고라도 난 거 아니야?"

그 사내는 잠속에서 눈을 뜬 그 시간부터 걱정을 하고 있었다. 그녀가 오지 않은 날은 요양원의 요양사가 들어와서 그가 무사히 잘 있는가, 혹시 숨이 멈춰있지는 않나, 얼굴을 보고 확인한 후에 창문을 열어 공기를 환기시키고 대충 청소를 하고 나갔다. 하루 종일 닫혀있는 창문이 그때 딱 한번 열렸다. 그는 바람이 불어 들어오는 그 순간을 놓치지 않고 심호흡을 하면서 사계절의 변화를 알아챘다.

봄에는 바람에 진달래꽃 내음이 묻어왔고, 여름에는 산에서 발원하여 키 큰 나무의 숲을 건너온 산바람이 시원했고, 가을에는 메마른 가지에서 자기 무게로 떨어지는 면적이 넓은 낙엽들이 자기 색깔과 내음이 비슷한 카페의 구석진 자리로 그를 안내해 커피를 마시게 했고, 겨울에는 낙엽이 져버린 키 큰 나무의 숲을 그대로 통과해서 휘몰아쳐 들어오는 차가운 북서풍이 가슴을 웅크리게 했다.

물론 요양원 주변을 산책한 적도, 창문으로 고개를 내밀고 밖을 내다본 적도 없었지만 그는 느낌만으로도 알 수 있었다. 지금은 불어 들어오는 바람에 아카시아 꽃향기가 실려 왔다. 분명 밖은 봄일 것이다. 돌이켜보면, 그에게 봄은 파국으로 가는 출발선이었다.

### 회상

1979년 10월 26일, 그날도 대한민국의 일상은 아무 일도 없다는 듯이 흘러갔다. 나는 큰 탈 없이 성장해서 건강하고 건전한 고3 학생이 되었다.

여전히 학교 건물 앞 20여 미터 높이의 국기봉 끝에서는 태극기가 펄럭였다.

교련 수업시간이었다. 바람이 불때마다 먼지가 날리는 운동장에는 얼룩덜룩한 교련복을 입은 학생들이 목총을 들고 총검술을 하고 있었다.

교련선생님이 절도 있는 목소리로 구령을 붙였다. 교련은 내가 좋아하는 수업중의 하나로 이런 훈련에는 자신이 있었다. 그런데 한 학생이 동작을 틀리게 했다. 매의 눈을 가진 선생님이 이런 실수를 놓칠 리가 없었다. 공수부대의 대위출신으로 학교생활에도 군대식을 강요하는 선생님의 눈에는 학생들의 어설픈 총검술이 마음에 차지 않았다.

"동작 그만!! 저기 골대를 돌아 선착순 1명! 뛰어!!"

선생님의 말이 떨어지기가 무섭게 학생들이 목총을 든 채 죽어라 뛰어가 골대를 돌아 숨을 헐떡이며 선생님 앞에 다다닥! 도착 순서대로 섰다. 한 학생이 헉헉 거리다가 쓰러졌다. 그러나 선생님은 학생들이 어떻게 되든 상관없다는 듯이 눈 하나 깜짝하지 않았다.

"1명을 제외한 나머지는 다시 선착순! 뛰어!!"

첫 번째 1명을 제외한 나머지가 다시 축구골대를 향해 달려갔다. 한꺼번에 우르르 뛰어가는 40여명의 발들로 운동장에는 뿌연 먼지가 날렸다.

교련수업은 운동장 사열대 옆의 계단으로 장소를 옮겨 정신훈화로 이어졌다. 선생님은 공산당을 무찌르기 위해서는 우리가 어떤 마음가짐으로 학교생활을 해야 하는가에 대해 장황하게 설명했다. 이야기가 길어지다 보니 학생들의 차렷 자세가 흐트러지고 꾸벅꾸벅 조는 학생도 보였다. 선생님은 참지 못하고 버럭 소리를 질렀다.

"주목!! 이런 썩어빠진 정신으로 어떻게 나라를 지키겠는가!"

학생들이 화들짝 놀라 차렷 자세로 돌아가자 선생님은 웃으며 기지개를 펴게 하고 이번에는 그의 군대생활 무용담으로 분위기를 반전시켰다.

"공수부대는 각종 대간첩 작전에 투입되어 무장공비를 일망타

진하는 수훈을 세웠다. 그 뿐만 아니라 월남전에서도 특수임무를 수행하였어. 난 중대장으로서 항상 앞장서서 싸웠지."

나는 그가 자랑스러웠다. 그가 있기에 공산당으로부터 대한민국이 안전하지 않은가. 나는 그의 애국심을 추호도 의심하지 않았다. 고3으로 진로를 고민하고 있던 나는 그의 군인정신에 감동받아 군 입대를 결심하게 되었다.

"우리나라에는 육군, 해군, 공군이 있지만 그중에서도 공수부대가 최강의 부대다. 북괴가 쳐들어오지 못한 것도 다 공수부대가 있기 때문이야. 군인이라고 해서 다 똑같은 군인이 아니다. 너희들이 진짜 조국에 충성하고 싶다면 주저 없이 공수부대를 가라!"

학교수업을 마치고 집에 돌아왔다. 엄마는 부엌에서 저녁을 준비하고, 아빠는 거실에서 TV를 보고 있었다. 학교 다녀왔다는 인사를 하는 둥 마는 둥하고 내방으로 들어가려다가 익숙한 목소리가 들려와 TV에 눈길이 갔다. KBS뉴스가 진행 중이었다. 〈삽교천지구 농업개발사업 삽교호 준공식〉이라는 플래카드가 보이고 행사장 단상에서 박정희 대통령이 연설을 하고 있었다.

"친애하는 국민 여러분. 충남 도민 여러분, 이 우람한 방조제와 호수는 우리가 지난 2년 10개월 동안 불철주야 산을 깎고 바다를 막아 쌓아올린 땀의 결정이며 국토개발에 있어서 우렁찬

개가입니다."

내가 좋아하는 박정희 대통령의 목소리를 뒤로하고 방으로 들어갔다. 나보다 2살 아래인 동생이 배를 깔고 만화를 보고 있었다. 내가 보고 싶어 했던 고우영의 〈대야망〉이었다. 나도 동생 옆에 누워 만화책을 집어 들고 막 읽으려는데 부엌에서 밥 먹으라는 엄마의 다정한 목소리가 들려왔다. 나는 동생과 같이 부엌으로 갔다. 박정희 대통령의 연설은 아직도 계속되고 있었다.

"앞으로 이 담수호는 식량증산과 농촌 소득 증대에 크게 이바지 할 것은 물론 향후에 4만 톤의 공업용수와 생활용수를 공급하는 간접효과도 가져오게 될 것입니다."

날이 밝았다. 내 인생의 전환점이 된 1979년 10월 26일 그 다음 날이었다. 그 전날 밤에 서울 어디에서 어마어마한 사건이 일어났는지 어쨌는지, 나는 평상시처럼 버스를 타고 학교에 가고 있었다. 정류장마다 기다리는 사람들을 구겨서라도 다 태우려는 책임감이 강한 안내양이 차문으로 몰려드는 사람들 전부를 있는 힘을 다해 차안으로 밀어 넣다보니 등교하는 버스는 항상 만원이었다.

나는 우리 엄마가 꽉꽉 눌러 담은 도시락 안의 밥알처럼 사람들 틈 사이에 끼어 간신히 숨을 쉬면서 라디오를 듣고 있었다. 아침뉴스가 진행되고 있었다. 평소와는 다르게 착 가라앉은 아나운서의 목소리가 심상치 않았다.

"박대통령이 서거했다는 정부의 공식 발표를 들은 서울 시민들은 경악과 당혹을 금치 못했습니다."

대통령의 서거라는 말에 버스 안은 갑자기 무거운 침묵이 흘렀다. 도저히 믿을 수 없다는 듯 서로 얼굴을 쳐다봤다. 모두 엄청난 충격을 받은 표정들이었다. 나도 순간적으로 망치로 머리를 가격당한 듯 멍해졌다. 아나운서의 목소리는 계속됐다.

"평소보다 일찍 출근길에 나선 시민들은 출근버스나 택시 속에서 운전기사에게 라디오를 크게 틀어달라고 부탁을 해 임시뉴스에 귀를 기울였습니다. 처음에는 박대통령의 유고 내용이 무엇인지 궁금해하던 시민들은 박대통령이 총탄을 맞고 서거했다는 소식을 듣고 '그럴 수가' 라면서 말문을 잇지 못하고 충격을 감추지 못했습니다."

그제야 사람들은 대통령의 서거를 현실로 받아들이는 듯 저마다 시선을 천장으로 하고 불안한 표정을 지었다. "이러다가 김일성이가 쳐들어오는 거 아녀," 라는 누군가의 한마디에 버스 안은 공포심마저 감돌았다. 나는 창밖을 봤다. 사람들이 몰려있는 호외를 파는 곳이나 전파상 앞의 풍경도 혼란스럽기는 마찬가지였다.

방금 버스 안에서 누군가의 염려처럼, 나도 이때를 노려 북괴

가 반드시 침략할 것이라고 나름대로 분석하면서 내가 조국을
위해 할 수 있는 일이 무엇일까를 고민했다. 이렇게 나의 고교시
절은 대통령의 비극과 함께 마감했지만 내 삶은 새로운 길로 들
어섰다.

## 9

지혜는 일기를 읽으면서부터 이상한 버릇이 생겼다. 그녀 얼굴을 뭔가에 비쳐본다는 것이다. 길을 가다가도 가게 안의 거울이나 유리문에 그녀 모습이 비쳐지면 그 앞에 서서 잠깐이라도 바라보거나 혹은 의식하지 못하고 지나치다가 그 끝에서 순간적이지만 고개를 돌려 거기에 비쳐지는 그녀의 모습을 포착해서 "저게 진짜 내 모습일까." 라며 의심스레 중얼거렸다. 그것은 물론 급하게 찾은 지하철 화장실에서 일을 보고 손을 씻다가 거울에 선명하게 비친 그녀 모습과는 또 달랐다. 일기를 읽기 시작한 그 이틀 사이에 생각이 많아지면서 생긴 습관이었다.

광주에서 올라온 그 다음 날 요양원으로 갔다. 그 사내는 자고 있었다. 그것이 그녀에게는 이상한 일이 아니었다. 사내는 그녀가 아닌 다른 누가 들어오더라도 자고 있으니까. 그녀는 피곤해서인지 아니면 잊어버린 것인지, 요양원 원장이 부탁했던 창문

을 열어 공기를 환기시키는 일도 하지 않고 바로 침대 옆의 의자
에 앉았다.

사실 지혜가 몰라서 그렇지, 침대위의 사내는 그녀를 기다리
고 있었다. 그녀가 좋아서라기보다는 일기의 내용이 궁금했기
때문이었다. 사내의 그런 심정을 아는지 모르는지 그녀가 일기
를 읽기 시작했다. 이번에는 국어시간에 선생님한테 호명당해
일어나 국어책을 읽어가는 학생의 목소리처럼 들렸다.

### 일기

오빠가 떠나고 난 뒤 나는 학교공부에만 전념했다. 내 전공은
국어국문학이다. 나는 교사가 되기로 하고 4학년에 올라가면서
시험을 준비했다. 대학을 졸업하고 교사시험에 합격하여 다행히
광주에 있는 중학교로 발령을 받고 국어선생님으로 근무하였다.

오빠도 1975년 가을에 제대했다. 그는 완전히 다른 사람이 돼
서 돌아왔다. 고향 영광에서 어머니를 모시고 과수원이나 하며
조용히 살겠다고 했다. 그는 정말로 아버지의 당부대로 정치에
관심을 끊고 영광을 떠나지 않았다.

우리는 그 다음 해인 1976년 봄에 결혼했다. 그런데 내 직장
이 문제가 됐다. 그에게 광주에서 같이 살자고 설득했지만 소용
없었다. 나는 어쩔 수 없이 학교 근처에 집을 얻어 혼자 생활하
다 토요일에 영광으로 내려갔다가 월요일 아침에 일찍 광주로

올라왔다. 주말 부부가 된 것이다. 그러나 그때가 내 삶에 있어서 가장 행복했던 시기였다. 우리가 간절히 원했던 아이가 결혼 3년이 다 되도록 소식이 없다는 것 말고는 우리에게 어느 것 하나 부족함이 없었다.

1979년 여름방학이 끝나고 개학을 했다. 첫날 출근을 해서 수업을 하는데 어지럽고 꾸역꾸역 헛구역질이 나오면서 배도 아프고 해서 수업을 빨리 끝내고 병원에 갔다. 나는 체한 줄 알았는데, 그렇게도 바라던 임신이었다. 당장 공중전화박스로 가서 그에게 이 기쁜 소식을 알렸다.

"뭐? 임신!"

"응. 지금 병원에서 나오는 길인데, 의사가 그렇다네. 3개월이나 됐데."

"정말? 와~ 나도 이제 아빠가 되는구나."

수화기 너머로 그의 목소리가 얼마나 크게 들리던지 귀가 다 아플 정도였다. 그는 태어나서 이 보다 더 기쁜 일은 없었다고 했다. 해가 바뀌어 출산일이 다가오면서 시어머니가 광주로 올라왔다. 의사는 출산일을 5월 중순쯤으로 예상했다.

# 10

지혜가 읽어주는 일기를 듣고 있던 침대 위의 사내는 한숨을 내쉬었다. 일기의 내용을 들을수록 더 미궁 속으로 빠져들었기 때문이었다. 이럴 때는 시원한 물이라도 한 컵 들이키면 정신이 맑아져 판단이 쉬워질 텐데…. 그는 잠을 자고 있다는 사실도 잊고 갈증을 탓하며 추억 하나를 떠올렸다.

설탕이 귀하던 시절에, 찬장 안 나의 시선이 안 닿는 자리에 엄마가 숨겨놓은 설탕을 몰래 한 움큼 집어 입에 털어 넣고 오물오물 하며 단맛을 즐기는 그 시절에, 매미가 이 나무 저 나무에서 목청껏 울어재껴 온 동네를 시끄럽게 하는 8월 어느 날, 모르는 형이 자전거 뒤에 파란 통을 싣고 아이스깨끼를 외치며 동네에 나타났다. 아이들이 고무신이며 병이며 손에 뭔가를 하나씩 들고 나왔다. 어떤 애는 쌀까지 퍼 와서 아이스깨끼와 바꿔 먹었다. 나는 부리나케 집으로 뛰어갔다. 우리 집에도 있겠지 하며 온 집안을 뒤졌는데도 헌 신발짝 하나 빈 병 하나 찾아내지 못했다. 나는 마지막으로 아빠가 큰 방으로 들어가는 위치에 가지런히 놓여있는 아빠의 흰 고무신 앞에 서서 갈등했다. 1분도 채 안 됐다. 나는 신발 한 짝을 들고 뛰어나가 아이스깨끼와 바꿔먹었다. 녹으면서 물이 뚝 뚝 덜어지는 그 단맛이 설탕과 비교가 안 될 정도로 대단했다. 단지 설탕물을 얼린 것뿐이었는데. 그 날 밤 한바탕 난리가 나고 아빠에 의해 나는 신발 도둑놈으로 낙인 찍혀 쫓겨나 친구 집에서 잤다.

그 사내는 유년시절의 아이스깨끼의 추억으로 기분이 좋아져 다시 일기로 돌아왔다.

"일기를 쓴 여자는 누구고, 일기를 읽어주는 이 여자는 또 누굴까? 어릴 적 동네 친구도 아니고…, 학교 친구도 아니고…, 아직까지 내 기억에는 없는 사람들인데…."

일기를 쓴 여자의 출산 예정일인 1980년 5월에 사내는 공수부대에서 군 생활을 하고 있었고, 그 7개월 전에는 박정희 대통령이 서거했다. 이때를 노려 북괴가 남침할지도 모른다며 고등학생이었던 사내는 친구들을 붙들고 온갖 걱정을 다했었다. 그때마다 친구들이 그를 놀렸었다.

"그럼 군데 가! 가서 말뚝 박으셔!"

사내는 친구들이 무슨 말을 해도 화를 내지 않았다. 그럴수록 그의 애국심만 단단해질 뿐이었다. 그는 조국을 위해 그가 할 수 있는 일이 무엇일까를 생각했다. 그때마다 결론은 총을 들고 나라를 지키자는 것이었다. 부모님의 절대 반대를 무릅쓰고 그는 고등학교를 졸업하자마자 공수부대에 자원입대했다.

### 회상

장대비가 퍼붓고 있었다. 막사 앞 연병장에서 한 무리의 대원들이 진흙탕 위를 낮은 포복으로 기어갔다. 조금이라도 뒤처지는 대원에게는 조교들의 가차 없는 발길질이 가해졌다. 이미 그들은 사람이 아닌 짐승과 같은 몰골이었지만 하나같이 눈에는 살기가 가득했다.

"애앵~"

사이렌 소리가 울려도 내무반의 대원들은 그대로 잠을 자고 있었다. 조교가 조용히 들어와 서너 개의 최루탄을 던져놓고 밖으로 나가 문을 걸어 잠가버렸다. 최루탄이 터지면서 내무반이 최루가스로 가득 찼다. 가스를 흡입하면서 깨어난 대원들이 고통으로 몸부림치면서 하나, 둘 출구 쪽으로 몰려가 문을 두드리면서 열려고 했지만 문은 꿈쩍도 안했다. 대원들이 거품을 물고 쓰러졌다. 나는 지옥이 있다면 바로 이런 곳이라고 생각하면서 마지막까지 버텼다. 내무반은 아수라장으로 변해갔다. 다들 눈물 콧물을 흘리고 토하고 캑캑거리며 괴로움에 몸부림치다가 하나 둘 정신을 잃어 갔다.

"째깍! 째깍!"

문밖에서 손에 시계를 쥐고서 초침의 움직임을 주시하던 조교가 복도 끝에 서있는 교관을 쳐다보았다. 교관이 고개를 끄덕였다. 조교는 그제야 내무반의 문을 열었다.

대원들이 어구적어구적하며 가까스로 기어 나왔다. 기다렸다는 듯이 조교가 고압의 물대포를 손에 들고 대원들을 향해 뿌렸다. 대원들이 물대포를 맞고 그대로 나가떨어졌다. 조교가 소리쳤다.

"여러분들 앞에 선택은 단 한가지 밖에 없다. 공수부대원이 되느냐! 아니면 낙오자의 인생을 살아갈 것이냐! 죽음에는 순번이 없다. 강한 자만이 살아남는다."

파도치는 바닷가 한가운데 보트가 떠있었다. 그 위에서 다리와 손이 묶여서 순서를 기다리고 있는 대원들을 조교가 한명씩 발로 차 바다 속에 빠뜨렸다. 그대로 꼼짝도 못하고 물속에 가라앉아 고통스러워했다. 나는 끝까지 견뎌냈다. 정신을 잃은 대원을 조교가 끌고 나오면서 외쳤다.

"공수부대는 대한민국 최고의 부대다. 누구나 원한다고 공수부대원이 되는 건 아니다. 우리는 최강의 군인만을 만들어 낸다. 이 땅위에 여러분보다 더 강한 것은 없다. 여러분만이 대한민국을 지킬 것이다."

대원중에는 훈련마다 낙오하는 대원이 한명 있었다. 나는 그가 남부럽지 않은 가정에서 근심걱정 없이 자라 서울에 있는 명문대학교를 다니다 군에 입대했다고 알고 있었다. 그가 훈련에 대해 불평불만을 말한 적은 없었다. 나름대로 최선을 다해 훈련에 임했다. 그러나 저승사자로 불리는 조교는 그를 용서하지 않았다.

"자네같이 나약한 사람이 빨갱이를 막아낼 수 있을 것 같아? 여기는 곱게 자라 책이나 보고 생각이 많은 사람들이 올 곳이 못돼!"

그는 결국 다른 일반 보병부대로 전출을 당했다. 나는 그 결정을 당연한 것으로 받아들이지는 않았으나 부당하다고도 생각하지 않았다. 여기는 군대이고, 그 한사람의 실수로 작전이 실패로 돌아간다면 전체가 피해를 입기 때문이었다.

산속 훈련장에도 계절은 바뀌어 있었다. 침투훈련 중에 잠깐 휴식을 취하다가 고개를 들었는데 햇살이 비쳐오는 소나무 사이로 여러 종류의 꽃들이 눈에 들어왔다. 아카시아나무 꽃, 등나무꽃, 찔레꽃. 다 똑같이 하얀 색깔로 피어있지만 향기는 달랐다. 나는 계절을 잊고 살았는데 벌써 봄이었다. 갑자기 마음이 풀리면서 모든 것들이 아련해졌다. 입대하면서부터 지금까지 잊고 지냈던, 조교가 사재라고 규정했던 사회에서의 일들이 신기루처럼 지나갔다.

누군가가 말했다. 4월을 지나 5월도 잔인한 계절이라고. 그는 왜 그런 말을 했을까. 저 꽃이 저렇게 아름다운데. 그러나 그때는 몰랐다. 5월이 나에게도 잔인한 계절이라는 것을.

그날의 시작이 1980년 5월 18일이었다.

## 11

지혜는 일기장을 내려놓고 방안에 비치돼있는 봉지커피를 타서 마셨다. 커피알갱이 보다는 설탕이 더 많은 커피는 차라리 단물에 가까웠다. 요양원에 계신 나이 드신 분들은 이런 믹스커피를 즐겨 마시는 모양이었다. 밥 먹고 숭늉 마시는 것처럼. 그녀는 관리실로 가서 나이 지긋한 관리인에게 커피를 바꿔줄 것을 부탁했다.

"코리아노 말고 다른 거 없어요?"

"예? 코리아요?"

"아니, 그게…, 다방커피요."

그녀는 탁자위에 놓여있는 봉지커피 박스를 가리켰다. 그제야 아, 그거, 하며 고개를 끄덕이면서 물었다.

"어떤 커피를 좋아하는데요?"

"아메리카노요."

"예? 아메리카요?"

지혜는 아재개그를 했는데 그는 진지하게 받아들였다. 간단한 영어단어조차 이해를 못한 걸로 비쳐지는 게 창피했는지 당황하기까지 했다. 그녀는 설탕이 없는 커피라고 친절하게 설명해주고 관리실을 나왔다.

### 일기

나는 교무실에 앉아서 수업을 준비하다가 창밖을 바라보았다. 유리창을 반쯤 가리고 있는 목련이 어느새 우거져 그늘을 만들었다. 며칠 전까지만 해도 LED전등을 밝혀놓은 듯이 피어 있던 목련꽃이 어느 날부턴가 통째로 뚝뚝 떨어지더니, 내가 주말에 집에 갔다 온 사이에 꽃은 보이지 않고 나뭇잎만 파릇해졌다. 아마 주말동안 몰아친 비바람에 꽃이 다 떨어져버린 모양이었다. 내가 그 장면을 봤다면 가슴 아파했을 텐데 그나마 다행이었다.

내 아쉬움의 자락에 화단의 라일락이 들어왔다. 가지마다 소담스럽게 달려있는 꽃들이 바람이 불면 눈처럼 날릴 것만 같았다. 그 상상이 대학시절 캠퍼스의 그 벚꽃을 연상시켰다. 그래서 식물탐구라는 책에서 라일락에 대한 설명을 한번 찾아봤다. 그 중에 라일락의 꽃말이 나를 감동시켰다.

"젊은 날의 추억."

그 문구가 단번에 나를 20살 대학시절로 돌려놓았다. 그 날 이후로는 라일락꽃에서 내 젊은 날의 추억도 같이 보았다.

또 이런 설명도 있었다. 라일락꽃에는 첫사랑의 맛이 담겨있다고. 나는 그 맛이 궁금해서 만삭의 몸으로 교무실을 나가 화단으로 갔다. 그리고 그 앞에 서서, 라일락 꽃잎을 따서 입에 넣고 씹어봤다. 단번에 쓴맛이 났다. 내가 고향에서 4월이면 따먹던 진달래꽃보다 몇 배나 더 썼다. 설명대로, 첫사랑에 실패한 사람들에게는 맞는 말이었다. 근데 나하고는 상관이 없었다. 내 첫사랑은 우여곡절이 있었지만 성공했으니까.

1980년 5월 18일, 내 배는 이미 남산만 해졌다. 언제 출산할지 몰라 오늘 내일 하면서 매 순간 준비했다. 그날도 나는 아침 일찍 일어났다. 습관처럼 거실에 있는 흑백 TV를 켰다. TV에서는 긴급 뉴스가 진행되고 있었다. 날마다 대학생들이 민주화를 요구하는 시위로 나라가 시끄러워 대충 짐작은 하고 있었지만 그래도 무슨 일인가 하여 잠깐 그 앞에 앉았다. 아나운서가 중대발표를 하고 있었다.

"정부는 5월 17일 24시를 기해 비상계엄을 전국으로 확대했습니다. 현재 북괴의 동태와 전국적으로 확대된 소요사태 등을 감안할 때 전국 일원이 비상사태 하에 있다고 정부는 판단하고 있습니다."

TV에서는 김대중과 재야정치인들이 군인들에 의해 체포되는 장면이 반복해서 보여 지면서 아나운서의 목소리가 이어졌다.

"계엄사령부는 5월 18일 0시를 기해 권력형 부정축재 혐의자와 사회불안 조성 및 학생운동과 노동운동의 배후조정 혐의자로 김대중 씨와 재야 정치인을 체포하였습니다."

나는 김대중과 뜻을 같이하고 민주화운동을 하다 돌아가신 시아버님이 떠오르면서 불안이 엄습했다. 그래서 그러는지는 몰라도 갑자기 배에 참을 수 없는 통증이 왔다. 마침 거실로 나오는 어머니가 이 모습을 보고 발을 동동 굴렀다.

"오메~ 애가 나올 모냥인갑네. 빨리 병원에 가야 안 쓰것냐."

"그래요. 어머니, 택시 불러 주세요. 택시!"

어머니가 집 밖으로 나가 지나가는 택시를 잡았다. 나는 어머니와 함께 택시를 타고 전남대학교병원으로 갔다. 이른 아침이라 도로는 한산했다. 서방사거리에서 신호등이 바뀌기를 기다리고 있는데 바로 앞 도로로 완전무장한 군인들이 차렷 자세로 앉아있는 10여대의 군용트럭이 지나갔다. 신호등 앞에 서있던 사람들이 무슨 일인가 하며 차량의 행렬을 쳐다보았다. 그들 중에 초등학생으로 보이는 아이들도 있었다.

"와~ 군인이다!"

아이들이 손뼉을 치며 소리를 질렀다. 어떤 아이들은 손을 흔들거나 "충성!"하며 거수경례를 했다. 아이들에게 그들은 우리나라를 지키는 자랑스러운 군인들이었다. 그러나 트럭 위의 군인들은 무표정하게 앞만 보고 앉아있었다.

"왜 저러지? 애들한테 손이라도 흔들어 주지. 우리나라 군인 아닌가?"

나는 군인들의 방금 행동이 이해가 안 됐다. 내가 초등학교 다닐 때 "국군아저씨께"로 시작하는 위문편지를 쓴 기억까지 떠올라 군인들의 그런 태도가 몹시 씁쓸했다. 군용차량이 다 지나가자 신호등이 바꿨다. 택시가 다시 출발하여 전남대학교 병원에 도착했다. 근처에서 시위를 하는 건지 시위대의 구호가 들려왔다.

"계엄령을 해제하라!!"
"전두환은 물러가라!!"
"계엄군은 물러가라!!"
"휴교령을 철회하라!!"

시내 분위기가 심상치 않았다. 뭔가 큰일이 일어날 것만 같았다. 나는 병원에 입원을 하고 누워 있다가 통증이 좀 가라앉기를 기다려 병원 복도에 있는 공중전화로 영광에 있는 남편에게 전화를 걸었다. 호칭도 오빠에서 여보로 바꿨다.

"여보, 여기 산부인과야. 의사선생님 말로는 오늘 애가 나올 수도 있데."

"와~ 드디어 내가 아빠가 되는 거네. 딸이래, 아들이래?"

"아직 몰라. 의사선생님이 안 가르쳐줘."

"난 딸이면 좋겠는데…."

"그게 맘대로 되나. 근데, 어떻게 할 거야? 올라올 거야?"

"그게 뭔 소리여! 당장 올라가야제. 당신 혼자 고생하는데."

"어머니도 와 계서. 조심해서 올라와. 광주 시내가 난리야."

나는 전화를 끊고 휴게실로 가서 음료수를 샀다. 벽에 걸려있는 TV에서는 계속해서 비상계엄의 불가피성과 광주에서 벌어지고 있는 시위를 보도했다. 나는 불안한 마음을 진정시키며 병실로 돌아왔다.

# 12

마침내 일기는 1980년 5월 18일에 도착했다. 이제야 사내는 곧 이 여자가 누구인지 정체를 알아낼 수 있을 것 같았다. 이 여자는 5.18의 중심에 있었고, 그렇다면 그 당시 그 며칠 동안에 광주에서 두 사람은 스쳐 지나쳤거나, 만났거나, 아니면 서로 모른 채로 서로가 상대의 운명을 결정지었을 것이다. 사내는 그렇게 판단했다.

사내는 모르는 여자가 방문해서 일기를 읽어줬을 때 의심 가는 여자가 한 명 있었다. 그가 초등학교에 들어가기 전의 일로 기억했다. 그의 마을에는 나이가 200살로 추정되는 당산나무가 어귀에 서있었다. 워낙 커서 나무가 만들어내는 그늘이 운동장 반쯤의 넓이로 길 옆 논에까지 드리워졌다. 그러다보니 여름에는 아이들이 모두 그 나무 그늘 밑으로 몰려들었다. 여름방학이 끝나갈 무렵 한 아이가 서울에서 이모 집에 놀러왔다. 우리는 다

같이 새까만 얼굴로 당산나무 아래서 먼지를 뒤집어쓰고 흙 놀이를 하다가 그 애를 봤다. 하얀 얼굴에 하얀 치아, 긴 머리를 쓸어 올리는 하얀 손. 거기다가 서울말까지. 첫 눈에 그 애는 눈부셨다. 더군다나 하늘색 원피스에 언 듯 드러나는 하얀 팬티는 처음 보는 신기한 것으로 그 당시 팬티 없이 바지만 입을 때가 더 많은 우리에게 가슴 설레는 일이었다.

그런데 큰일은 그 다음 날 벌어졌다. 그 애가 메뚜기를 잡으러 혼자 눈 둑으로 가다가 뱀을 보고 화들짝 놀랐는지 중심을 잃고 그만 둔벙에 빠져버렸다. 자치기를 하면서 자치기 막대에 이마를 정통으로 맞으면서도 온통 시선을 그 애한테 두고 있던 한 아이가 둔벙으로 뛰어가 몸을 던져 그 애를 붙잡고 같이 허우적대다가 정신을 잃었다.

그 사내는 그 일이 여자와의 추억으로는 유일했다. 따져보니 그 애는 일기를 쓴 여자가 될 수 없었다. 그렇다고 일기를 읽어주는 여자는 더더구나 아니었다.

아직 사내는 일기를 읽어주는 여자에 대해서는 전혀 감조차 잡아내지 못했다. 이 여자도 일기를 쓴 사람이 누군지 모르고 있는 것 같았다. 지금은 누워있는 사내처럼 그녀도 일기를 읽어주면서 일기의 주인을 추적해 가는 게 아닐까, 추측할 뿐이었다. 어쨌든 이들 세 사람이 서로 어떤 관계로 얽혀있는지는 곧 형체를 드러낼 것이다.

**회상**

그날이 1980년 5월 18일 새벽이었다. 내무반 침상에 공수부대원들이 긴장된 표정으로 완전군장을 한 채 앉아있었다. 중대장이 단호한 목소리로 출동명령을 내렸다.

"드디어 여러분들이 국가에 충성할 때가 왔다. 지금 불순분자들이 광주에 난입하여 소요를 조장하고 있다. 그들은 빨갱이나 다름없는 놈들이다. 우리 공수부대가 출동하여 이 불순분자들을 소탕해야 한다."

박정희 대통령이 서거했을 때부터 내가 염려했던 일이 지금 광주에서 벌어졌다. 나는 그들을 처부수기 위해 공수부대에 입대했고 드디어 나에게도 조국에 충성할 수 있는 기회가 주어진 것이다. 중대장의 마지막 말을 들으면서 나는 두 주먹을 불끈 쥐었다.

"빨갱이들은 이 지구상에서 없어져야할 암적 존재들이다. 여러분들이 그 막중한 임무를 완수해주기 바란다."

공수부대원들이 연병장에 집합하여 10여대의 군용트럭에 나뉘어 올라탔다. 저마다 비장한 표정을 하고 있었다. 탑승이 완료되자 트럭이 행렬을 이뤄 서서히 출발했다. 돌아올 수 없는 강을 건너 듯 연병장을 빠져나갔다. 그들 누구도 앞으로 광주에서 벌어질 소탕작전에서 그들의 운명이 어떻게 될지 감히 짐작조차도 그 어떤 상상조차도 하지 못했다.

부대를 출발한지 4시간 만에 공수부대원들을 실은 트럭이 광주에 모습을 드러냈다. 광주 시내를 가로질러 전남대학교로 가는 중이었다. 이른 아침이라 거리는 한산했다. 군용트럭이 서방 사거리를 지나가는데 신호등이 바뀌기를 기다리고 있던 몇몇 아이들이 손을 흔들거나 거수경례를 하면서 소리를 질렀다.

"와~ 군인이다!"

"충성!"

아이들의 그런 모습을 보면서 내 어린 시절이 떠올랐으나 나는 어떠한 반응도 보이지 않았다. 나뿐만 아니라 공수대원들 누구도 움직이지 않고 부동자세로 앞만 보고 있었다. 대원들은 불순분자들을 소탕해야한다는 임무의 중압감에 짓눌려 손을 흔들어 줄 생각조차도 못했다. 그러나 광주는 내가 생각했던 것과는 딴판이었다. 불순분자들은 보이지 않고 거리는 평온했다.

# 13

지혜는 요양원 1층 입구 오른쪽에 있는 휴게실로 내려왔다. 한산했다. 어버이날이나 명절 같은 특별한 날 아니면 거의 방문객이 없었다. 효성이 지극한 자녀들이나 평일에도 찾아왔다. 그녀는 햇볕이 잘 드는 창가에 앉아 이승호가 준 〈오월의 노래〉 대본을 정독했다.

이 작품은 연로한 어머니의 관점으로 극을 끌고 간다. 아무 죄도 없는데 빨갱이로 몰린 어머니는 아들이 공부에만 전념하기를 원한다. 그러나 아들은 80년 봄에 전두환 군부에 맞서 새 세상을 꿈꾸다가 불구의 몸이 된다. 탱크와 헬기 앞에서도 물러서지 않고 싸우던 시민군들은 도청을 사수하다 끝내 계엄군의 총탄에 쓰러졌다. 그때 어머니는 학살을 자행한 자들을 짐승이라고 절규한다.

연극이든 영화든 엄마의 모습은 같았다. 생의 마지막 순간까지 모든 것을 다 내어준 엄마가 이틀 전에 봤던 영화 〈꽃잎〉의 그 엄마였다. 그렇다면, 그 엄마들과 지혜의 진짜 엄마는 어떻게 다를까? 지혜가 어떤 의도를 가지고 비교하는 건 아니지만 그럴 때마다 불안해하는 표정이었다.

### 일기

아침까지만 해도 평상시와 다름없던 병원이 낮부터 소란스럽게 변했다. 하나 둘 부상자들이 실려 오고, 계엄군이 죄 없는 시민들까지 무자비하게 진압한다는 험악한 소문까지 들려왔다. 나는 영광에서 올라오고 있을 그가 걱정이 됐다. 아침에 통화할 때 출발했다면 벌써 도착하고도 남을 시간이었다. 내 옆에 앉아있는 어머니가 안절부절 했다.

"워메 먼일이당가. 올 시간이 지났는디."

"어머니가 영광 집에 한 번 더 전화 해보세요."

"그래야 쓰것다. 아즉 출발 안했으면 오지 말라고 해야것다."

어머니가 병실을 나갔다가 금방 돌아왔다. 무슨 말을 들었는지 얼굴이 사색이 됐다.

"오메 큰일 났어야. 시내는 시방 난리가 나브렀디야."

"전화는 해 보셨어요?"

"했는디, 안 받어야. 아츰에 출발 했는감는디. 증말 먼일이 나긴 나부럿는갑다."

"어머니, 너무 걱정하지 마세요. 그인 데모도 안했는데 뭔 일이야 있을라구요."

"그렇치이?"

"네. 별일 없을 거예요."

"근디 그놈들이 어른이고 아그덜이고 사람을 안가른디야."

진통이 계속되면서 급히 나는 분만실로 옮겨졌다. 복도를 지나가는 데 병원 밖에서 아직도 데모를 하는지 계엄을 해제하라는 구호소리가 들려왔다.

이제는 진통을 참을 수 없어서 신음소리가 점점 비명소리로 바뀌고, 지금이라도 달려오라고 제발, 제발 살아서 돌아오라고, 어느새 나는 남편을 향해 울부짖었다. 그때 시내에서 총소리가 들려왔다.

"탕!"

불길한 총소리였다. 그와 동시에 양수가 터지고 문이 열리면서 "아악~" 마지막 비명소리와 함께 의사가 아이를 받아냈다.

"아앙~"

아이가 울음을 터트렸다. 그때도 나는 남편을 생각하고 있었다. 의사가 두 손으로 아이를 들어 나에게 보여줬다.

"공주입니다."

# 14

"아이가 태어났는데, 축하할 일이 아닌가?"

지혜는 일기를 읽다말고 한참을 그대로 있었다. 생명이 태어나는 그 순간에 그녀의 눈동자가 흔들리고 있었다. 사내는 그런 그녀가 이상하다고 생각했다. 지금까지 그런 적이 한 번도 없었으니까. 사내가 그녀의 마음을 다 헤아릴 수는 없지만 표정으로는 짐작할 수 있었다. 그녀는 뭔지 모르지만 심각하게 갈등하고 있을 것이라고. 그러나 사내가 할 수 있는 일은 없었다. 그는 잠을 자고 있으니까.

그녀는 일기장을 덮고 그대로 방을 나갔다. 사내는 또 혼자가 되었다. 그때 개 짖는 소리가 들려왔다. 꿈속에서의 소리인지, 아니면 요양원에서 키우는 개가 수상스런 사람을 보고 짖어대는 소리인지, 사내로서는 판단이 안 되는 그 소리로 인해 가슴 아픈 추억 하나가 떠올랐다.

유년시절에, 석유곤로나 연탄이 아닌 아궁이에 불을 지펴서 밥을 짓던 시절의 이야기다. 그 당시 시골에서는 집집마다 개 한 마리씩은 다 키웠다. 우리 집에도 엄마가 5일장에서 사와 새끼 때부터 키우던 개가 있었다. 내가 학교에 갔다 돌아오면 어떻게 미리 알았는지 마을 입구까지 뛰어나와 꼬릴 흔들며 나를 격하게 반겨주었다. 어른들에게는 여름을 나기위한 보신용이었으나, 똥개든 똥개가 아니든 개의 품종과 상관없이 아이들에게는 세상에서 제일 편하고 만만한 놀이친구였다. 집에서 심심할 때는 마루 밑에서 자고 있는 녀석을 불러내 숨바꼭질을 했다. 내가 숨으면 녀석이 나를 찾아내야하는 일방적인 놀이였다. 아무리 내가 힘들게 위장을 하고 꽁꽁 숨어도 녀석은 하나도 어렵지 않게 금방 나를 찾아냈다. 뛰어다니다가 항아리를 깨는 등의 큰일을 저질러 엄마한테 같이 야단을 맞는 것 말고는 녀석은 나와 마음이 통하는 최고의 친구였다.

그런 녀석이 새기를 뱄다. 출산을 앞두고부터 엄마는 녀석의 먹이에 신경을 썼다. 그러던 어느 날 아침에 녀석이 보이지 않았다. 새벽녘부터 들판을 쏘다니다가 내가 방에서 나올 때쯤에 방문 앞에 앉아 있다가 내가 나오면 온몸의 털이 젖은 채로 나한테 달려들어 내 얼굴을 핥아대던, 그래서 내 옷까지 더럽히던 녀석이 사라졌다. 녀석의 이름을 아무리 불러도 기척이 없었다.

엄마는 아침밥을 하느라 아궁이에 불을 지폈다. 근데, 우리 집 부엌 아궁이는 큰 방에서 불을 때면 연기가 전부 굴뚝으로 다 나가지 못하고 아주 적은 양이지만 작은 방 아궁이로도 나왔다. 그게 문제였다. 하필 녀석이 작은방 아궁이에 들어가 새끼를 낳다가 그만 연기에 질식해 죽은 것이다.

그 당시 시골에서는 개의 집이 따로 없었다. 마루 밑이든, 불을 때고 난 뒤에 온기가 남아있는 부엌 아궁이 앞이든, 지가 좋아서 앉으면 그곳이 지 집이 되었다. 나는 녀석이 죽은 원인을 엄마에게 돌려 개를 살려내라며 억지를 부렸다. 엄마는 나한테도 녀석한테도 미안했는지 아무 말도 안했다. 나는 녀석의 이름을 부르며 통곡했다.

"해피야!!"

녀석의 이름은 해피였다. 그 당시에는 영어를 접할 기회가 없어서, 중학교에 입학하고 처음으로 영어를 배우고 나서야 해피의 뜻을 알았지만, 나는 아빠가 지어준 녀석의 이름인 해피를 뜻도 모르고 불렀다. 우리 동내에서는 개의 이름이 거의 백구, 누렁이, 메리, 해피로 통했다. 솔직히 해피가 아무 탈 없이 출산을 했더라도 그 해 여름을 무사히 넘겼을지는 장담하지 못한다. 보릿고개를 넘어가던 배고픈 시절이었기에. 그 후에 그 녀석을 추억할 때마다 해피라는 이름과 해피의 죽음이 나에게는 슬픈 아이러니였다.

그때 알았다. 생명의 탄생이 축복이 아닐 때도 있다고.

그는 다시 그의 삶으로 돌아갔다. 그가 광주에 투입되던 그날, 1980년 5월 18일을 다시 떠올려보았다. 이른 아침에 그 서방사거리를 지나갈 때 신호등에 멈춰 서있는 택시 안의 그 여자를 그는 분명히 보았었다. 그녀도 택시 안에서 우리 쪽을 쳐다보고 있었으니까 사내를 봤을 수도 있었다. 그러나 그 순간은 아주 짧았고 그 당시에는 중요한 일도 아니다보니 그녀도 사내도 기억하고 있지 못할 것이었다.

### 회상

전남대학교 운동장에는 우리 부대가 진주했다. 우리 팀 8명은 완전 무장을 한 채로 전남대학교 교문을 통제하는 임무를 맡았다. 그날은 일요일이라 학생들은 그렇게 많지 않았다. 도서관에 가려는 학생들이나 학교에서 만나기로 약속을 잡은 학생들이 대부분이었다. 그들은 학교에 들어가겠다며 항의를 했다. 팀장이 앞으로 나서며 돌아가라고 명령했으나 학생들은 무시하고 계속 교문 주위를 서성거렸다.

휴교령이 내려지면 학교 교문에서 모이자는 무슨 결정이 있었는지 10시가 지나면서 학생들은 늘어나서 100여 명에 이르렀다. 이에 자신감을 얻은 학생들이 교문으로 몰려들었다. 팀장이 메가폰으로 귀가를 종용했지만 소용이 없었다. 학생들은 계속 불어나 300여명이 됐다. 그 숫자를 믿고 학생들의 행동은 더 과감해졌다. 교문에 서있는 공수부대원 8명이 그들이 보기에는 해볼 만 했을 것이다. 노래를 부르며 분위기가 고조되자 학생들은 하나로 뭉쳐 한 목소리로 구호를 외치기 시작했다.

"비상계엄 해제하라!!"
"전두환은 물러가라!!"
"계엄군은 물러가라!!"
"휴교령은 철회하라!!"

나는 구호 소리를 듣고 적잖이 당황했다. 공부에만 전념해야 할 학생들이 왜 저렇게 과격한 시위를 할까, 하며 한순간 의문을 품지 않은 건 아니었지만 내가 지키고 있는 이 나라에서 빨갱이의 사주를 받아 반정부 시위를 벌이고 있는 학생들을 나는 절대 용서할 수가 없었다.

"돌격 앞으로!!!"

팀장의 명령에 대원들은 학생들이 모여 있는 중앙으로 뛰어들면서 곤봉을 무자비하게 휘둘렀다. 학생들도 처음에는 "어? 어?"하면서 저항을 시도했으나 순식간에 진압돼버렸다. 머리며 얼굴이며 닥치는 대로 곤봉을 내리쳐 학생들이 피를 흘리고 쓰러지면 질질 끌고 가 트럭에 던져버렸다. 골목으로 숨어 이 광경을 지켜본 학생들이 흥분해서 보도블록을 깨서 던지기 시작했다. 그러나 소용없었다. 공수부대원들이 돌을 맞으면서도 골목으로 달려가 돌을 던진 학생을 넘어뜨려 곤봉으로 머리를 내리치고 군홧발로 짓이겼다.

15

 지혜는 무슨 이유에서인지 요양원 밖을 서성였다. 조바심을 내면서 허둥대는 것도 아니었다. 그러나 바람에 긴 머리카락이 흩날리듯이 그녀의 자세는 눈에 띄게 흐트러져있었다. 1시간 째였다. 다른 때 같으면 요양원 근처 도로변의 카페를 찾거나 키 큰 나무의 숲 주변을 산책했을 것이다. 그녀 내면에서 무슨 큰 변화가 일어났음이 분명했다. 궁금했으나 그녀가 그 이유를 말할 때까지 기다릴 수밖에 없었다.

 그녀는 그렇게 1시간을 더 서성이다가 사내가 기다리는 방으로 올라갔다.

**일기**

 1980년 5월 18일 오후 3시 반에 내 딸이 태어났다. 그 시간에 남편은 없었다. 그 다음 날인 19일에도 남편은 돌아오지 않았다.

불안하고 초조했다. 남편은 행방불명인데 나는 회복실에 편하게 누워서 남편이 돌아오기만을 기다릴 수가 없었다. 출산한지 하루 만에 일어났다. 우선 내가 입원해 있는 병원부터 찾아보기로 했다. 대신 아이는 어머니가 돌봤다.

병원은 아수라장이었다. 비명소리가 들려오고, 들것에 실려 계속 환자들이 들어왔다. 팔이 잘려나간 사람, 머리가 깨진 사람, 몸이 갈기갈기 찢어진 사람, 짓이겨진 다리를 붙잡고 살려 달라고 소리를 지르는 사람…. 나는 환자들 사이를 다니며 남편을 찾았다. 그러나 그 어디에도 남편은 없었다.

나는 산후 통증으로 더 이상 걸을 수가 없어 회복실로 돌아가다가 내가 다니는 중학교의 동료 교사를 만났다. 그는 대학생인 아들이 어제 부상을 당해 이 병원에 왔다는 것이다. 아들의 이름은 오상철이었다. 그는 내 남편을 걱정하면서 그의 아들이 겪었던 얘기를 해줬다.

**설명**

상철은 18일 2시에 금남로 한일은행 앞에서 친구를 기다렸다. 그때 갑자기 도로에 나타난 공수대원들이 비켜메어총을 하고 손에는 곤봉을 들고 보통의 걸음으로 일렬행대의 대형을 취한 채 다가왔다. 그 뒤에는 군용트럭이 따라왔다. 길을 가던 시민들이 일순 걸음을 멈추고 군인들을 쳐다봤다.

"웬 공수부대?"

그들 중에는 영문을 몰라 하는 사람도 있었고, 두려운 표정을 짓는 사람도 있었고, 우리나라의 자랑스러운 국군으로 생각을 했는지 뿌듯하게 쳐다보는 사람도 있었다. 아이들은 신이 나는지 박수를 쳤다.

공수대원들이 계속 다가오더니 어느 순간 갑자기 후다닥 덮치면서 남녀노소 가리지 않고 닥치는 대로 곤봉을 휘두르며 진압을 했다. 그 주변에 있던 사람들이 화들짝 놀라 영문도 모른 채 주변의 상가나 다방, 이발소 등으로 도망을 갔다.

공수대원들은 끝까지 뒤따라가 숨어있는 사람들을 끌어내 무차별 폭행을 가했다. 먼저 곤봉으로 사정없이 머리를 내리쳐 쓰러뜨리고, 서너 명이 달려들어 군홧발로 머리를 차고 짓이겼다. 그 사람이 피투성이가 된 채 축 늘어지면 질질 끌고 가 물건을 던지듯 뒤따라오는 군용트럭에 던져버렸다.

"아악~ 살려 주세요!!"

여기저기서 비명소리가 들려오고 도로는 아수라장으로 변했다. 주위에 숨어서 지켜보는 사람들은 몸서리를 치며 혼이 빠져나간 채 죽어라 도망갔다. 친구를 기다리던 상철이도 쫓아오는 공수부대에게 왜 도망가야 하는지도 모르고 뛰었다. 둘 사이의 거리가 점점 좁혀져 붙잡힐 그 순간에 상철은 더 이상 장사를

할 수 없어 셔터를 내리고 있는 상가로 몸을 던졌다. 셔터가 꽝
하고 닫히는 순간에 내리치는 공수부대원의 곤봉이 그의 허리
를 강타했다. 상철은 아픔을 느낄 사이도 없이 상가 안으로 뛰
어 들어가자 방금 셔터를 내렸던 상가 주인이 그에게 안쪽을 가
리켰다.

"저쪽으로! 저쪽으로!"

상철은 주인이 가리키는 쪽으로 달려가자 마당이 나왔다. 그
는 마당의 담을 넘고 또 넘어 숨을 데가 없나 살펴보다가 가정집
건물에 붙어있는 재래식 화장실을 발견하고 뛰어가 문을 열었
다. 먼저 들어와 숨어있던 사람이 그를 군인으로 잘못 알고 비명
을 질렀다.

"아악~"

상철이도 그 비명소리에 놀라 같이 소리를 지르면서 그를 바
라보았다. 군인이 아니었다. 그때서야 안심한 두 사람은 좁은 화
장실에서 몸을 밀착하고 밖이 조용해질 때까지 비명소리를 들으
며 숨죽이고 있었다. 서너 시간이 흘러갔다. 군인이 보이지 않는
다는 주인의 말에 상철은 화장실에서 나와 골목길을 걸어서 집
으로 돌아왔다.


일기

동료 교사는 상철이가 겁이 없고 운동신경이 뛰어나 살아 돌

아왔다면서도 아직 충격에서 못 벗어났는지 누가 쫓아오는 것처럼 주변을 두리번거리며 불안해 한다고 했다. 그는 떨리는 목소리로 나한테 조심하라는 당부를 여러 번 하고 입원해있는 아들한테 돌아갔다.

그 다음날 20일 아침에 나는 의사의 만류를 뿌리치고 퇴원을 했다. 몸이 완쾌된 것도 아닌데 남편을 거리에 두고 나만 편할 수가 없었다. 어머니와 같이 집으로 가서 아이를 어머니한테 맡기고 남편을 찾아 나섰다.

시내버스가 다니지 않아 걸어서 금남로로 갔다. 도로마다 골목마다 사람들이 삼삼오오 모여 공수부대의 무자비한 만행에 대해 분노를 토해냈다. 그들의 얼굴에는 두려움과 공포가 가득했다. 나는 혹시 남편에 대한 정보를 얻을 수 있을까 해서 다가가 그 사람들의 말을 들었다.

"살아있었구먼이"

"그라제. 우리 집도 아조 난리가 나부렀당게. 나는 무서워서 측간으로 숨었는디, 잠잠해져서 나와 본께 시상… 옷이며 책이며 다 끄집어 내놨드랑께."

"그래서 으떡게 댓당가?"

"오메~ 아들이 안보여. 그 작것들이 집에까지 들어와 아들을 끌고 갔는개비여. 이 난리를 어째야쓰까이."

"직장 댕기는 우리 아들놈도 얼굴이 쬐끄만코 휘언 했는디. 그래서 더 학생같이 보였는가 어쨌는가 오메~ 가서 본께 아조 다리를 대검으로 짓이겨놨드랑께. 그 형상이 징허고 끔찍혀서 지금도 잠을 자다가도 벌떡 벌떡 일어난당께."

"갑자기 이것이 뭔 일이당가? 무장공비라도 넘어 왔당가?"

"공비는 무슨 공비. 소문을 들어봉께, 전두환이가 시켰다는 거여."

"전두환이가 왜?!"

"대통령되고 십픈게 그라제."

"오메~ 염병허네. 아무리 그것이 허고 십다고 이럴 수는 없제."

"들리는 소문으로는… 그 작것들이 맨 정신으로 헌 것이 아니고… 술을 쳐 마시고 술 쳐서 그 지랄을 헌다는 구먼."

"머시여? 에이, 설마~."

"안 그러면 으떡게 우리 군인이 우리 궁민한테 이럴 수가 있당가?"

"그래 이~ 대체 듣고 봉께 일리가 있구먼이. 천인공노할 놈들."

그때 확성기 소리가 들려왔다. 바로 50여 미터 거리에 100여 명의 사람들이 모여 있었다. 나는 그쪽으로 다가갔다. 중년의 아주머니가 확성기를 들고 외치고 있었다. 집안 살림하는 주부처럼 보였다.

"나는 공산당도 아닙니다. 난동자도 아닙니다. 단지 선량한 광주시민의 한 사람일 뿐입니다. 아무 죄 없는 우리 학생 시민들이 죽어가는 것을 나는 더 이상 바라만 보고 있을 수만은 없습니다. 우리 모두 나섭시다. 학생들을 살립시다. 계엄군을 물리치고 우리 스스로 광주를 지킵시다."

그때 어디서 나타났는지 서너 명의 공수대원들이 뛰어와 그 아주머니를 무자비하게 곤봉으로 내리쳤다. 아주머니가 피를 흘리며 쓰러졌다. 공수대원은 아주머니를 질질 끌고 가서 대기하고 있는 군용트럭에 던져버렸다. 그 잔인한 광경을 보고 있던 주변의 사람들이 골목으로 도망을 갔다. 그때 나이 지긋한 노인이 나서서 큰소리로 공수대원을 나무랐다.

"야 이놈들아! 느그덜이 그러고도 사람이냐! 천벌을 받는다. 천벌을!"

공수대원은 그 노인에게 달려가 곤봉으로 내리쳤다. 노인이 그대로 꼬꾸라졌다. 골목에 숨어서 이 광경을 지켜보던 사람들이 외쳤다.

"그러지마!! 그만해!! 살인마들아!!!"

공수대원이 소리 나는 쪽을 바라보았다. 사람들이 "우우~"하고 야유를 보내자 공수대원이 그쪽을 향해 달려갔다. 사람들이 잽싸게 골목으로 도망갔다. 나도 그 사람들에 섞여 떠밀려갔다. 아직 회복이 안 된 몸으로 뛰는 것은 무리였다. 마음은 급한데 몸이 따라주지 않으면서 휘청하고 넘어졌다. 뒤에 쫓아오던 공수대원 한 명이 나를 내리치려고 곤봉을 들어올렸다. 나는 덜덜 떨면서 그를 올려다보았다. 그의 명찰이 눈에 들어왔다.

"이정우."

내가 죽을지도 모를 그 찰나에 어떻게 그 이름을 봤는지 모르겠다. 공수대원이 공포로 하얗게 질려있는 나를 내리치려다가 주춤하더니 한마디 했다.

"다음부터는 이런 데 나오지 마십시오."

나는 간신히 몸을 일으켜 골목으로 뛰어가다가 얼마 못 가 그 자리에 풀썩 주저앉았다. 그 공수대원은 사라지고 없었다. 온 몸이 떨리고 이마에는 식은땀이 흘러내렸다.

"왜 나를 살려준 걸까?"

나는 도저히 여기서 나갈 용기가 나지 않았다. 한참동안 골목에 숨어서 거리의 동정을 살폈다. 멀리 보이는 도로로 시신을 실은 리어카가 빠르게 지나갔다. 머리 위에서는 군용헬기가 저공비행을 하면서 선무방송을 하고 있었다.

"시민 학생 여러분, 이성을 잃으면 혼란이 가중됩니다. 지체 말고 즉각 해산하여 집으로 돌아가십시오. 여러분들은 지금 극소수 불순분자 및 폭도들에 의해서 자극되고 있는 것입니다. 시민이 가담하거나 동조하면 가정과 개인에 불행이 닥칩니다."

헬기에서 뿌리는 전단이 내 머리 위로 날렸다. 저 안에서 마이크를 잡고 말을 하는 저 사람은 MBC나 KBS처럼 새빨간 거짓말을 하고 있었다. 오늘까지도 대한민국의 모든 방송이 광주에서 끔찍하게 벌어지고 있는 일들에 대해 단 한마디의 언급도 없었다. 여기서는 지금 사람이 죽어 가는데, 내 남편이 행방불명 됐는데 아무 일도 없다는 듯이 스포츠 중계나 오락 프로그램을 방송하고 있었다.

# 16

"이정우."

요양원의 그 사내는 이정우였다. 이제 알 것 같았다. 그는 그 여자를 봤었다. 이 일기를 썼던 여자가 바로 그가 광주에서 진압할 때 골목으로 달아났던 그 여자였다.

"이런 일이 어떻게 일어날 수 있지?"

이정우는 도저히 이 기막힌 만남을 믿을 수 없었다. 이건 우연이 아니었다. 일기를 쓴 여자는 자기가 쓴 일기를 가지고 의도적으로 그에게 접근했던 것이다. 그 여자의 이런 불순한 의도에 그는 의구심을 갖지 않을 수 없었다.

"그 여자는 왜?"

그렇다고 여기까지 와서 그 여자를 부정하고 모른 척 할 수도 없는 일이었다. 돌아가기에는 이미 너무 많이 나가버렸다. 이왕 이렇게 된 이상 이정우는 광주에서의 일들을 있는 그대로 설명하기로 했다.

## 회상

1980년 8월 20일, 우리 부대는 광주 시내에서 진압 작전을 펼치고 있었다. 이제는 시민들까지 합세하여 시위대의 숫자는 계속 늘어났다. 나는 시위하는 사람들을 맞닥뜨릴 때마다 조금씩 나의 신념이 흔들려갔다. 그들은 어디를 봐도 불순분자로는 보이지 않았다. 더더구나 빨갱이는 아니었다. 그러나 나는 그럴 때마다 내가 순진해서 속고 있는 거라며 내 자신에게 더 강해지라고 외쳤다.

"너는 대한민국의 자랑스러운 공수부대원이야. 지금 임무를 완수하고 있는 거야. 국가가 우리들에게 사기를 치겠어? 저들은 다 빨갱이의 사주를 받은 불순분자들이야! 동정심을 버려! 흔들리면 안 돼!!"

그때 확성기 소리가 들려왔다. 골목으로 들어가는 길목에 100여 명의 사람들이 모였고, 그중 누군가가 확성기를 들고 외쳤다. 자기는 공산당도 아니고, 난동자도 아니고, 선량한 시민이라고 말했다.

우리 대원들은 그쪽으로 뛰어갔다. 모여 있던 사람들이 골목으로 흩어졌다. 나는 확성기를 들고 선동했던 사람을 끝까지 쫓아가 곤봉으로 내리쳤다. 그 사람이 피를 흘리며 쓰러졌다. 그런데 그 사람은 아주머니였다. 순간 나는 당황했다. 그때 동료 대원이 달려와서 그 아주머니를 질질 끌고 가 군용트럭에 던져 버렸다. 골목에 숨어있던 사람들이 이 광경을 보고 우~우~ 하며 소리를 질렀다. 그때 근처에 있던 노인이 큰소리로 우리를 꾸짖었다.

"야 이놈들아! 느그덜이 그러고도 사람이냐! 천벌을 받는다. 천벌을!"

공수대원이 달려가서 그 노인을 곤봉으로 내리쳤다. 골목에서 이 광경을 지켜보던 사람들이 "우~우~" 야유하며 우리를 "살인마들"이라고 소리 질렀다. 우리는 그쪽을 향해 달려갔다. 사람들이 골목으로 도망갔다. 그들 무리에 섞여 잘 뛰지도 못하는 여자가 눈에 들어왔다. 내가 쫓아가자 화들짝 놀라며 무리 틈에 섞여 도망가다가 휘청하고 넘어졌다. 나는 그 여자에게 다가가 곤봉으로 내리치려다가 멈칫했다. 순진하게 보이는 30대 초반의 여자가 얼굴이 하얗게 질려서 나를 올려다보고 있었다. 나는 도저히 곤봉을 휘두를 수가 없었다.

"다음부터는 이런 데 나오지 마십시오."

내 뜻밖의 말에, 그 여자는 믿을 수 없었던지 나를 한 번 더 쳐다보고는 간신히 몸을 일으켜 골목으로 뛰어갔다. 나는 그 여자의 뒷모습을 보면서 나를 나무랬다.

"너 지금 뭐하는 거야. 알량한 동정심으로 국가를 배신할거야.

너는 국군의 날인 10월 1일 태어났잖아. 조국에 충성하기 위해서 네 발로 입대한 거 아냐. 근데, 왜 그러는 거야. 저들은 다 불순분자들이야. 속아선 안 돼!"

나는 나를 자책하면서도 내 행동에는 후회하지 않았다. 그러나 갈등은 이미 시작됐다. 내 눈에도 광주에서 뭔가 크게 잘못돼 가고 있다는 것이 보였다.

# 17

 지혜는 일기를 통해서 지금 알았다. 이정우 그 사내가 일기를 쓴 여자를 5.18 당시에 광주에서 만났다는 것을. 그것도 가해자와 피해자로서. 그 여자에게 의문이었던 것들 중에서 가장 중요한 한 가지는 풀렸다. 일기를 쓴 여자는 그 때문에 이정우에게 자기가 쓴 일기를 읽어주기를 원했는지도 모른다.

 5.18의 기억과 고통은 37년이 지난 지금 광주가 아닌 요양원에서도 계속됐다. 이정우는 이 사실을 알고나 있을까? 지혜는 그를 쳐다보았다. 너희들 세상과는 상관없다는 듯이 눈을 감고 잠만 자고 있었다.

 **일기**
 그 다음날에도 나는 남편을 찾으러 시내에 나갔다. 그날은 5월 21일 석가탄신일이었다. 부처님의 자비가 광주는 비켜간 걸까. 시민들의 비극은 계속됐다.

    시내버스나 택시는 운행이 안 되었다. 사람들은 걸어가거나, 자전거, 오토바이를 이용해서 금남로로 갔다. 그곳으로 가는 길목마다에는 김밥과 주먹밥, 음료수 등 먹을 것이 푸짐하게 놓여 있었다. 시위하는 사람들과 학생들을 위해 그 근처에 사는 엄마들이 준비해놓은 음식들이었다. 엄마들은 길에서 기다리고 있다가 지나가는 시위차량이나 학생들에게 직접 음식을 건네주기도 했다. 광주시민이면 누구나 가서 먹을 수 있었다. 내가 보기에, 그들은 한마음 한뜻으로 공수부대와 싸우면서 서로를 걱정해주고, 안부를 묻고, 서로 정보를 교환하면서 시민공동체가 되어갔다.

    12시가 다되어 금남로에 도착했다. 공수부대가 저지선을 형성한 도청을 중심으로 수많은 사람들이 모여들어 태극기를 흔들고 애국가를 부르면서 시위를 했다. 다들 두려움이 없어 보였다. 나는 그들 사이를 돌아다니면서 남편을 찾았다. 비슷한 사람만 봐도 달려가서 확인했다. 그러던 중에 남편과 같이 활동했던 야학동아리 회원들도 만났다.

    오후 1시 경이었다. 금남로에 수십 대의 차량이 도청을 향해 행렬을 이루고 서있었다. 그때 어디선가 애국가가 흘러나오면서 맨 앞의 장갑차가 시동을 걸고 공수부대의 저지선을 향해 돌진하였다. 그와 동시에 콩 볶듯이 총소리가 울렸다.

탕 탕 탕 탕 탕 탕

공수부대의 사격이 시작된 것이다. 돌진했던 장갑차는 도청 앞 분수대를 돌아 간신히 빠져나왔다. 나는 처음에 그 총소리가 뭔지 몰라 그 대로 서 있다가 사람들이 주변의 골목으로 도망가면서 뛰자 나도 뛰기 시작했다. 여기저기서 사람들이 총을 맞고 쓰러졌다. 내 옆에서 뛰는 사람이 픽 하고 쓰러졌다. 나는 도망가면서 보았다. 청년이었다. 피를 흘리며 하늘을 보고 쓰러져있는 청년을.

나는 골목으로 뛰어가 담벼락 뒤에 몸을 숨기고 금남로를 바라보았다. 순식간에 텅 비어버린 도로에는 총을 맞은 사람들이 쓰러져 있고, 신발, 가방, 자전거, 손지갑 등 주인 잃은 물건들이 여기저기 나뒹굴었다.

　요양원의 이정우는 5월 21일 도청 앞에 없었다. 그가 그 장소에 있었더라도 똑같이 행동했을 것이다. 그 당시 공수대원은 명령에 살고 명령에 죽어야했다. 일개 사병이 옳고 그름을 따진다는 것은 감히 상상할 수도 없는 일이었다. 판단은 상관의 몫이고, 대원들은 그 명령에 따를 뿐이었다.

　그 당시 교육이 그랬다. 1960년대 말과 1970년대에 초 · 중 · 고등학교를 다닌 사람이면 누구나 다 그랬듯이, 이정우도 지독한 반공교육을 받았다. 빨간색만 봐도 빨갱이가 연상됐고, 아침 일찍 산에서 내려오는 사람만 봐도 혹시 간첩이 아닐까 의심부터 하고 살피다가 조금이라도 이상한 행동을 보이면 신고부터하는 투철한 반공 전사들이었다. 그 때문에 엄한 사람이 간첩으로 몰려 곤욕을 치른 경우도 많았다.

**회상**

5월 23일, 우리 부대는 화순가는 길목인 마을 뒷산에 주둔했다. 그곳에서 바라보는 마을은 평화로웠다. 2시경에 시민군으로 의심되는 미니버스가 마을 입구를 지나갔다. 부대원들은 총을 겨눈 채 그 차를 주시했다. 대원 한명이 도로변으로 나가 정지신호를 보냈다. 그러나 버스는 무시하고 속력을 내서 달렸다. 부대원들은 사격을 시작했다.

탕 탕 탕 탕 탕 탕

요란한 총소리와 함께 총알이 버스에 쏟아졌다. 유리창이 박살나고 바퀴가 터지면서 버스가 더 이상 나가지 못하고 제자리에 섰다. 차안에서도 카빈이나 M1 총구를 창문으로 내밀고 응전하면서 총격전이 벌어졌다. 그러나 얼마가지 못했다. 일방적이었다. 항복의 의사표시인지는 몰라도 버스 안에서 우리를 향해 남자들이 일어서서 총을 머리위로 올리고, 여자들은 손을 흔들었다. 곧이어 외치는 소리가 들려왔다.

"우리는 폭도가 아닙니다."

"관을 구하러 가는 길입니다. 쏘지 마십시오."

그러나 공수대원들은 계속 방아쇠를 당겼다. 버스에서는 더 이상 응전이 없었다. 잠시 후 대원들은 사격을 멈추고 버스로 다가갔다. 팀장이 명령했다.

"차안을 확인해봐!"

나는 버스 안으로 들어갔다. 아비규환이었다. 차마 눈뜨고 볼 수 없을 정도로 처참했다. 내장이 밖으로 쏟아진 채로 죽어있는 여학생도 있었다. 옷차림을 보니 모두 다 학생들 같았다. 아직 숨이 붙어있는 한 학생이 신음을 하며 애원했다.

"살려주세요. 제발…."

대원들은 피를 흘리며 쓰러져있는 사람들을 한 사람 한 사람 군홧발로 툭툭 차며 생사를 확인했다. 총 18명으로 아직 3명이 살아있었다. 대원들은 신음하는 3사람을 버스 밖으로 끌어낸 다음 팀장에게 보고했다.

"어떻게 처리합니까?"

팀장이 3사람을 살펴보더니 가망이 없는 두 사람을 가리키며 말했다.

"사살해!"

대원들이 2사람을 산속으로 끌고 갔다. 나는 다른 임무를 핑계로 그 자리를 피했다. 잠시 후 총소리가 들려왔다.

탕 탕

그 총소리에 총알이 내 몸을 관통한 것처럼 아팠다. 그들은 외모로 봐서는 불순분자가 아니었다. 나는 처음으로 심한 죄책감을 느꼈다. 조국에 대한 내 충성심도 흔들리기 시작했다.

"부상자까지 사살해야하나? 전쟁에서도 이러지는 않는데…, 뭔가 잘못돼도 크게 잘못됐어. 이건 아니야."

다행히 나머지 1명은 헬기를 동원해 병원으로 후송되었다.


5월 24일, 우리 부대는 계속 마을 뒷산에 주둔했다. 나는 마을이 잘 보이는 곳으로 올라갔다. 마을 공터에 아이들이 놀고 있었다. 막대기로 치고 달리는 걸 보니 자치기놀이를 하는 것 같았다. 산 밑의 저수지에도 서너 명이 미역을 감고 있었다.

2시경에 우리 부대는 명령에 따라 주둔지를 떠나 이동을 하였다. 효천역 부근을 지날 때 갑자기 요란한 총소리와 함께 총알이 쏟아졌다.

"적이다!!"

불의의 공격을 당한 공수부대는 그 자리에 엎드리면서 응전을 했다. 치열한 총격전이 벌어졌다. 혼란스러운 상황이었다. 보이지 않은 적을 향해 부대원들은 사방으로 총을 난사했다. 그런데 사실은 그곳에 매복하고 있던 병력이 우리 부대를 시민군으로 오인하고 사격을 하면서 아군끼리 벌인 총격전이었다.


저수지에서 미역을 감던 아이들이 그때 들려오는 총소리에 영문을 몰라 사방을 살피다가 풀을 뜯던 주변의 가축들이 총을 맞고 꼬꾸라지는 것을 보고 놀란 나머지 물속에서 후다닥 뛰쳐나와 옷을 들고 죽어라 도망을 갔다. 뒤쳐져 가던 중학생이 총을 맞고 그 자리에서 쓰러졌다.

　마을 공터에서 놀던 아이들도 총소리에 전쟁이라도 터진 줄 알고 후다닥 흩어져 도망을 갔다. 동생의 손을 잡고 뛰어가던 아이가 돌부리에 걸려 휘청하면서 검정고무신이 벗겨졌다. 아이는 동생의 손을 놓고 뒤돌아서서 고무신을 집어 들었다.

　나는 전방을 향해 총을 쏘았다. 그때 움직이는 물체가 눈에 들이 들어오고, 나는 그것을 향해 방아쇠를 당겼다.

　아이가 고무신을 손에 쥐고 뛰어가려는 순간 총알이 가슴을 관통했다. 화들짝 놀란 동생이 총 맞은 형을 그대로 나둔 채 울면서 도망갔다.

　나는 뭔가 이상해서 사격을 멈추고 정면을 바라보았다. 멀리 쓰러져있는 아이가 어렴풋이 눈에 들어왔다. 손에는 검정고무신이 쥐어져있었다. 나는 아이에게 다가가려고 일어나는데 어디서 날아왔는지 총알이 내 가슴과 다리에 관통하면서 정신을 잃었다.

## 19

"내가 헛것을 봤나? 분명히 몸이 움직였는데….."

지혜는 일기를 읽다가 숨을 고르려고 고개를 쳐들었는데 그때 이정우가 한번 꿈틀 했다. 너무 놀란 나머지 그를 쳐다보았다. 그런데 그는 미동도 없이 지금까지의 그 모습 그대로 누워있었다. 그뿐이었다.

"내가 정말 잘못 봤을까?"

지혜에게 유년시절에 이런 일이 있었다. 방에 혼자 앉아있는데 뭔가 지혜 앞으로 획 지나갔다. 쥐의 형상이었다. 근데 자신이 없었다. 너무 순식간에 벌어진 일이라서. 정말로 지나갔는지, 안지나갔는지, 지혜가 헛것을 봤는지, 진짜 쥐를 봤는지. 근데, 방에 절대 쥐가 있을 수 없다는 확신이 너무 강했기에 지혜는 그것을 헛것으로 몰아갔다. 그래도 불안했다. 할머니가 쥐를 잡는 끈끈이를 사와 쥐가 지나갔다는 그 자리에 놓아두었다. 외출 뒤에 돌아와 보니 끈끈이에 쥐 두 마리가 붙어있었다.

"코마상태의 사람은 절대 움직일 수 없다는 믿음이 잘못된 걸까?"

지혜는 그것을 피로 탓으로 돌렸지만, 우리 삶에서 잘못된 확신이나 고정관념이 일을 그르치고 더 나아가 그 사람의 운명까지 바꿔버리는 경우가 많았다. 한바탕 부산을 떨고 나니 커피 생각이 났다. 일기장을 내려놓고 요양원을 나와 근처 도로변의 카페로 갔다. 문을 열고 문턱을 넘어서자마자 방금 볶아서 내리고 있는 커피의 향이 얼굴로 확 밀쳐오면서 긴장된 그녀 기분을 풀어주었다.

지혜는 군것질을 좋아하지 않는다. 담배도 피워본 적이 없다. 대신에 하루에도 보통 10여 잔 이상의 커피를 마셨다.

지혜는 커피를 문명의 산물로 보면서도 그 커피를 멀리하지 못했다. 문명화되는 것을 거부한다고 하면서 날마다 커피 잔을 들고 스스로 문명 속으로 걸어들어 갔다. 그때마다 그녀의 순수로의 회귀도 더 멀어졌다. 이런 것들만 봐도 지혜에게는 논리적으로 설명 안 되는 것들이 다른 사람들보다 훨씬 더 많을 것이다. 그녀 엄마보다도.


요양원으로 돌아온 지혜는 카페에서 사온 아메리카노를 마시며 일기를 읽기 시작했다.

**일기**

"그 청년은 어디에 쓰러져 있을까?"

방금 전에 내 옆에서 총 맞아 죽은 그 청년의 마지막 눈빛이 아른거렸다. 나는 골목에 숨어 금남로를 바라보며 그 청년을 찾았다. 그러나 거리가 너무 멀어 그 청년의 모습은 보이지 않았다. 몸이 후들후들 떨리면서 산후 몸조리를 제대로 못해선지 어지럽고 금방이라도 쓰러질 것 같아 더 이상 그곳에 있을 수가 없었다. 나는 간신히 걸어서 집으로 돌아왔다. 3시간이나 걸렸다.

어머니는 들어오는 나를 보고 "혼자 오냐?"며 긴 한숨부터 내쉬었다. 어머니는 안방에서 다리미질을 하고 있었다. 남편이 입던 겨울 바지였다.

"어머니, 그건 그이의…."

나는 "그이의 옷을 왜 다리세요?"라고 하려다가 그만 뒀다. 다리미질은 아들이 꼭 살아서 돌아오리라는 어머니의 믿음이자 절박함이었기에 나는 그런 어머니를 위로해야 했다.

"어머니, 제가 꼭 집으로 데려올게요."

"나 살 날 얼마 안 남았어야."

"어머니, 무슨 일이 있어도 그 이를 찾아서 데려올게요."

다음날 아침에도 집을 나섰다. 거리에는 복면을 한 시민군을 실은 트럭이나 버스가 도로를 질주했다. 그때마다 길옆의 사람들이 환호성을 질렀다.

간신히 도청에 도착했다. 그곳에 공수부대는 없었다. 어제 밤에 모두 광주 외곽으로 철수했다고 했다. 21일 낮에 공수부대의 집단발포 이후부터 무장하기 시작한 시민군이 도청을 지켰다. 나는 주로 도청 주변에서 남편을 찾았다. 만나는 시민군마다 붙잡고 남편을 물었다.

도청 상황실까지 찾아갔다. 그러나 남편은 흔적조차 남겨놓지 않았다. 그렇다고 누구를 붙잡고 하소연도, 원망도 못했다. 다들 나하고 똑같은 슬픔을 안고 있었으니까.

사망자 명단이나 잔혹하게 죽은 사체, 부상자들의 흑백사진이 도청 담벼락의 상황판이나 남도예술회관의 벽면, YWCA 부근 담벼락에 붙어있었다. 급한 것들은 도청 정문 기둥 위로 청년이 쪽지를 들고 올라가 사망자 명단과 계엄군의 동향을 큰소리로 보고했다. 나는 그때마다 그 쪽으로 달려가서 확인했다.

몸이 어제보다 더 안 좋아져 계속 걸어 다닐 수가 없었다. 나는 도청 정문 근처나 전일빌딩 앞 계단에 앉아 있다가 시민군이 새로운 명단을 붙이거나 보고를 할 때면 그때 다가가서 남편의 이름을 찾았다.

오후에는 도청 앞 맞은 편 상무관으로 갔다. 입구에 설치된 향이 피워진 분향대에 시민들이 줄을 서서 분향했다. 나는 안으로 들어갔다.

태극기와 피가 베어나 물든 무명천에 덮여 있는 관 앞에서 가족들이 통곡을 하고 있었다. 상무관 안을 꽉 채운 관들 중에는 아직 주인을 찾지 못한 관들도 많았다. 나는 관들을 살피다가 덮개 위에 '미확인 체크남방'이라고 볼펜으로 눌러 씌어있는 관 앞에 멈춰 섰다.

"혹시 남편이 아닐까? 그이도 체크남방을 즐겨 입었는데…."

그 관 앞에 나는 두근거리는 가슴을 진정시키고도 한참을 망설이며 그대로 서있어야 했다.

"남편이면 어떻게 하나…. 정말 남편이 죽어서, 여기에 누워있으면 어떻게 하나…."

나는 두려웠다. 지금까지 한 번도 남편이 죽었다는 생각자체를 안했었다. 아니, 할 수가 없었다. 남편이 살아있다고 믿기 때문에. 사실은 믿고 싶었다. 그 희망마저 사라지는 것이 끔찍했다.

"열어 봐야 된다. 관 뚜껑을 열고… 확인해야 된다."

나는 몇 번이고 다짐하고 다짐하면서 떨리는 손으로 덮개를 열었다. 그 안에는 청년이 누워있었다. 내 남편이 아닌 것에 안도했다가 금방 후회했다. 이 청년도 누군가의 아들이고 누군가의 남편일 것이다. 내 남편이 아니라고 슬픔의 크기가 다를까. 순간적으로라도 그런 생각을 했다는 것에 그 청년에게 미안하고 내 자신이 부끄러웠다.

나는 다시 그 청년의 얼굴을 찬찬이 봤다. 어제까지도 독재타도와 민주화를 외쳤을 그는 잠을 자듯이 오늘은 관속에 누워있었다. 그가 꿈꾸던 세상이 대체 뭐라고, 엄마 아빠는 이제 어쩌라고, 무등산 가는 길의 보리밭이 미치도록 푸르른 5월에 그는 죽어서 누워있었다.

"집에 가야하는데, 엄마가 기다리고 있을 집에 가서 편히 쉬어야 하는데…."

내 귓속이 앵앵 거렸다. 시아버지의 무덤에서 그랬던 것처럼. 그때 어릴 적 엄마를 기다리면서 불렀던 노래가 어디선가 흘러나왔다. 그럴 리가 없다고 생각하면서도 상무관에 설치된 스피커를 바라보았다. 아니었다. 그것은 내 가슴속에서 나오는 소리였다.

엄마 일 가는 길에 하얀 찔레꽃
찔레꽃 하얀 잎은 맛도 좋지
배고픈 난 하나씩 따 먹었다오
엄마 엄마 부르며 따 먹었다오

이 노래를 부르면, 초등학교에 입학하기 전의 일들이 떠올랐다. 엄마는 아침 일찍 읍내에 가고 나는 집에 혼자 남겨졌다. 해질 무렵부터 엄마가 오는 산길을 바라보며 엄마를 기다렸다. 유년시절의 그런 날들로 인해 내 가슴속은 엄마에 대한 기다림과 그리움으로 채워졌다. 내가 힘들 때는 엄마를 찾았고, 그때마다 이 노래를 부르며 노래속의 엄마를 내 엄마와 동일시했다.

"5월이면 내 고향 영광에도 찔레꽃이 참 많이 피었었지. 산과 들 어디서나 볼 수 있었어. 그 순박한 모양이 엄마를 닮았었지."

엄마가 보고 싶었다. 나는 오열하다가 그대로 쓰러졌다.

# 20

방안에 갑자기 침묵이 흘렀다. 침대 위의 이정우도 여느 때와 똑같이 말이 없었다. 지혜가 읽어주는 일기의 내용에 그도 같이 슬퍼하는 듯이 누워있었다.

지혜는 일기를 계속 읽을 수가 없었다. 그녀도 일기를 쓴 여자의 슬픔에 감정이입이 됐을까. 그녀는 방을 나와 키 큰 나무의 숲으로 들어갔다. 길이 없었다. 원래 그 숲은 길이 없었다. 산책이라기보다는 길을 만들어가야 하는 노동에 가까웠다.

지혜는 요양원을 방문한 그날부터 5.18을 머릿속에 넣고 살았다. 일기 때문이었다. 그녀도 일기를 쓴 여자처럼 5.18에 붙잡혀 있기는 마찬가지였다.

"5.18의 언덕을 넘어가야만 우리들의 눈에 보이는 것들이 뭘까?"

이 물음에 대한 답을 주는 영화가 떠올랐다. 새로운 천년의 출발점인 2000년 1월 잔뜩 흐린 오후 어느 날, 영화관을 찾았다. 이창동 감독의 〈박하사탕〉이었다.

박하사탕하면 금방 떠오르는 장면이 있다. 음식점에 가면 계산대 테이블에 박하사탕이 바구니에 담겨있다. 지혜는 식사를 한 후에 계산을 하면서 입가심으로 박하사탕을 하나 집어 들고 음식점 문을 나서면서 입안에 넣었다. 몇 번 빨다가 참을성 없이 어금니로 와짝 깨트리면 확 다가오는 알싸한 맛이 입안 가득히 퍼졌다.

지혜는 이런 기대를 가지고 〈박하사탕〉을 선택했었다. 처음부터 이 영화가 5.18을 내용으로 하고 있었다면 그녀는 절대 이 영화를 관람하지 않았을 것이다. 며칠 전에 집에서 노트북으로 봤던 〈꽃잎〉이 5.18소재 영화로는 처음이었다.

영화는 아저씨 아줌마들의 강변 야유회로 시작된다. 분위기에 어울리지 않은 양복 입은 사내가 그 야유회에 나타나 술주정을 하는 장면에 와서는 영화선택을 잘못했다는 후회가 스쳤다. 그런데 갑자기 그 사내가 기찻길로 올라가더니 달려오는 기차를 향해 철로 받침목 위에 두 팔을 벌리고 서서 피를 토하듯 절규한다.

"나 다시 돌아갈래!!"

그 외침이 너무 처연하게 들려서 지혜는 그 것만으로도 충격을 받았다. "이 영화에는 특별한 뭔가가 있구나," 라고 생각하고 자리를 고쳐 앉아 이미 사내를 그대로 깔아뭉개고 지나쳐버린 그 열차에 그녀의 몸을 실고 시간을 거슬러 올라갔다.

기차는 사흘 전으로 달려간다. 죽기 위해서 권총을 구입한 사내는 병실에서 죽음을 앞 둔 첫사랑 순임을 만나고, 복도 계단에서 박하사탕을 든 채 흐느낀다.

"파멸과 첫사랑."

지혜는 불안했다. 기차는 사내가 형사로 나타나 운동권 학생을 물고문하는 1987년을 지나 1980년 5월에 도착한다.

"아, 이 〈박하사탕〉은 5.18을 내용으로 하는 영화였구나."

지혜는 그때서야 알았다. 그러나 그녀는 영화관 밖으로 나갈 수가 없었다. 이미 그녀의 몸은 사내가 타고 있는 기차에 실려 있었기 때문에 그녀는 그대로 앉아 5.18 속으로 떠밀려 들어 갔다.

군에 입대한 사내는 순임이 면회 온 그 날 계엄군으로 광주에 투입된다. 두 사람의 운명은 여기서 엇갈렸다. 그날 밤 사내는 광주역 근처 철로에서 총을 겨누고 있었다. 극도로 긴장한 채 갑자기 그의 시야에 첫사랑 순임으로 보이는 여고생이 들어오자 당황하여 방아쇠를 당겼다.

"탕!"

이 한발의 총성이 사내의 삶을 5.18전과 5.18후로 분리시켜 그의 운명을 결정지어 버렸다.

"나 다시 순수의 시절로 돌아갈래!!"

이제 지혜는 사내의 절규를 이해할 수 있을 것 같았다. 그는 발포하기 이전의 시절로 돌아가고 싶은 것이었다. 그러나 방아쇠를 당긴 시점부터 망가지기 시작한 사내는 너무 타락하여 이제는 도저히 돌아갈 수 없는 지경까지 와 버렸다. 그래서 순수의 시절로 돌아가겠다는 그의 절규가 처절하게 들리는 것이다.

물론 사내의 절규 속에는 박하사탕 같은 순수를 잃어버린 그 자신에 대한 실망과 첫사랑 순임에 대한 안타까운 그리움뿐만 아니라 그를 광주로 보내 파멸시킨 정치군인들에 대한 분노도 담겨있다.

"영화 속 사내의 첫사랑 순임이 진짜 그 5.18을 관통해서 살아온, 일기를 쓴 여자와 어떻게 다를까? 또 영화 속의 사내와 일기 속의 이정우는 어떻게 다를까?"

지혜는 단 한개도 다른 점을 발견하지 못했다. 영화 속의 사내가 일기속의 이정우였고, 영화 속의 순임이 일기를 쓴 여자였다. 사내와 이정우, 일기를 쓴 여자는 이미 5.18의 언덕을 넘어와 버렸고, 그 때문에 돌아갈 수 없는 그 곳을 향한 사내의 절규가 그들에게도 지독히 슬프고 쓸쓸할 수밖에 없었다.

2000년 1월, 새 천년의 출발지점에서 지난 것들이나 냄새나는 것들을 비우고 새로운 것으로만 채우려고 했었던 지혜는 영화관 문을 나서면서 포기했다. 그것들이 절대 버려지지 않는다는 것을 알았기 때문에.

1980년 그날로부터 37년이 흘렀다. 이제 지혜 차례인가. 영화 속의 사내처럼 그녀도 기차를 타고 샌드페블스의 〈나 어떻게〉를 부르며 그 순수의 시절로 돌아가 볼까. 5.18의 언덕 너머에는 순임의, 엄마의 눈부시도록 아름다운 젊음과 꿈과 사랑이 펼쳐있으리니.

지혜는 지금 한 걸음 더 엄마에게 다가갔다.


**일기**

40도를 넘나드는 고열이 계속됐다.

나는 일어나 흰 가루약을 입에 털어 넣고 주전자의 물을 벌꺽벌꺽 마셨다.

쓰디쓴 것이 목구멍을 타고 내려갔다.

나는 다시 누웠다.

천장이 내려앉고 있었다.

나는 이불을 뒤집어쓰고 끙끙 앓았다.

헛소리도 튀어 나왔다.

나는 어떤 희망도 발견하지 못한 채 폐허의 거리를 헤매고 있었다.

유년시절에도 그랬다.

나는 지금 엄마를 부르고 있었다.

내가 깨어났을 때는 5월 27일 오후였다. 한참을 두리번거린 후에야 우리 집의 내 방이라는 것을 알아차렸다. 나는 기억을 더 듬어 봤다. 상무관에서 주인을 찾지 못한 그 청년의 관 앞에서 통곡을 했었는데 그 다음은 백지였다. 일어나려는데, 어머니가 아이를 업고 들어왔다. 어머니는 어떻게 된 거냐며, 상무관에서 관 앞에 내가 쓰러져있었는데 시민군이 주민증을 보고 차로 집 까지 데려왔고 그날부터 지금까지 5일 동안 잠만 잤다고 했다.

어머니는 허리에 맨 보자기를 풀어 아이를 내 품에 안겨 주었 다. 출산하고 나서 처음으로 안아봤다. 아이는 내 품에서 아무것 도 모른 채 쌔근쌔근 자고 있었다.

"이 애가 태어나지 않았다면, 남편은….."

나는 정말 나쁜 엄마였다. 애를 안고서도 남편 걱정을 했으니 까. 나는 어머니에게 아이를 넘겨주고 일어나려다가 휘청했다. 어머니는 무리하면 안 된다며 나를 나무랐다. 우선은 몸을 추스 르고 나서 아범을 찾자고 했다. 그러는 사이에 아이가 깨어났다. 어머니는 아이의 이름을 어떻게 할 거냐고 물었고, 나는 남편이 미리 지어놓은 이름으로 하자고 했다.

"김지혜."

나는 밤새 앞으로 어떻게 할까를 놓고 고민을 했다. 우선은 내가 재직하고 있는 학교에 사표를 내고, 유가족을 중심으로 '어머니회'라는 단체를 만들어 엄마들이 힘을 합쳐 5.18 진상규명과 행불자를 찾는 일을 하기로 했다.

다음 날 시내로 나갔다. 을씨년스러운 날씨였다. 금남로에는 살수차와 소독차가 동원돼 청소하고 소독하며 학살의 흔적을 지우고 있었다. 그러나 공수부대의 발포로 전일빌딩에 남겨진 총탄의 자국까지는 어쩌지 못했고, 광주 시민들이 이틀 전까지 한마음으로 외쳤던 함성은 시민들의 가슴속에 그대로 살아있었다.

내가 상무관에서 쓰러지기 전까지만 해도 수십만의 시민들이 운집해 민주화를 외쳤던 도청광장에는 착검한 계엄군만이 부산하게 움직였다. 도청 앞에는 슬픔조차도 허용치 않겠다는 듯이 탱크가 위압적으로 광장을 응시했다. 그것이 내 눈에는 괴물이었다.

광주시민들이 "살인마"라고 목이 터져라 외치며 지목했던 그자가 떡 버티고 서서 시민들을 비웃고 있는 것처럼 보였다. 어찌할 수 없는 좌절감이 나를 비상구도 없는 막다른 골목으로 몰아넣었다. 그러나 그 절망만큼이나 나는 독해졌다. 더 이상 옛날의 그 순진한 시골뜨기가 아니었다. 나는 탱크를 바라보며 저주를 퍼부었다.

"독재자의 말로는 항상 똑같았어. 장담컨대, 너 가는 길도 파멸로 가는 길일거야."

상무관에서는 울음소리가 터져 나왔다. 관을 다른 곳으로 옮기는 중이었다. 유족들은 하룻밤 사이에 폭도의 딸과 아들을 둔 사람으로 불리면서 숨조차 제대로 쉬지 못했다. 상무관에서 들려 나온 관들은 대기하고 있던 청소차에 실렸다. 나는 안으로 들어가 '미확인 체크남방'이라고 씌어있는 관을 찾았다. 다행이 그때 그 자리에 있었다. 그 관도 청소차에 실렸다.

10개관씩을 실은 청소차들이 상무관을 출발했다. 나는 그 '미확인 체크남방' 관의 유족으로 그 뒤를 따랐다. 청소차들은 시골길을 달려 어느 시립묘지에 도착했다. 내가 시청직원에게 물었더니 운정동 시립공원묘지라고 했다.

나는 차에서 내려 한 번도 와 본적이 없는 그곳을 둘러봤다. 이미 포크래인으로 작업을 한 것인지 무덤처럼 쌓여있는 흙더미 옆으로 100여개의 구덩이가 거칠고 비좁게 파져있었다. 정성의 흔적이라고는 한 가지도 없었다. 때가 때인지라 그랬을 것이라고 이해해보려 했지만 화가 치밀어 오르는 것은 어쩔 수 없었다.

매장작업은 신속하게 이뤄졌다. 인부들이 공사판의 일처럼 함부로 해도 누구하나 말이 없었다. 방금 전의 상무관에서처럼 여기도 불안과 공포가 깔려있었다. 근처 나뭇가지에 앉아서 대신 슬퍼하듯 울어주는 새가 그나마 위안이 돼주었다.

유족들은 매장이 끝나고 장례를 치를 때도 마음대로 슬퍼하지도 통곡하지도 못했다. 자기들까지 폭도로 내몰릴까 두려워서인지, 아니면 폭도의 부모라고 손가락질을 당할까봐 두려워서인지 빨리 끝나기만을 기다리는 사람들처럼 움직였다.

나는 체크남방 그 청년의 묘 앞에서 절을 하고 풀썩 주저앉았다. 내가 아무 말도 않고 그냥 가버리면 이 청년의 영혼은 학살의 현장을 배회할 것만 같았다. 그래서 말해줬다. 살아서는 불행했지만 이제는 독재가 없는 세상에서 행복하게 살라고. 엄마 아빠가 꼭 찾아올 거니까 아무 걱정 말고 그 때까지 편안하게 살라고. 그런데 내가 먼저 눈물이 나왔다.

남편이었다. 나도 모르게 그가 다가와 내 곁을 서성이면서 말했다. 빨리 자기를 찾아달라고. 나는 그런 상상을 해본 적이 없었는데…. 그가 어느 골짜기에서 차가운 흙을 덮고 누워서 나를 애타게 기다리고 있는데, 내가 손 놓고 있으면 내가 찾지 못하게 아주 멀리 가버리겠다고.

"미안해. 미안해. 조금만 기다려줘."

나는 그 청년의 묘에 엎드려 울었다. 가슴시리도록 푸르른 5월의 하늘아래서 혼자 떠돌고 있을 남편에 대한 미안함으로 목메어 울었다. 내가 오열하자, 여기저기서 흐느끼는 소리가 들려왔다.

## 21

요양원에 이정우는 차라리 자기가 5월 24일 부상을 당해 국군통합병원으로 후송된 것이 불행 중 다행이라고 생각했다. 5월 27일 도청이 함락될 때까지 그가 광주에 계속 있었다면 그의 총에 더 많은 사람들이 희생당했을 것이다. 아니면 그가 시민군의 총에 맞아 죽었을 것이다. 그러나 그가 그렇다고 해서 책임에서 벗어나는 것은 아니었다.

이정우에게 총에 관한 추억이 있다. 마을에서 총싸움하던 시절이었다. 엄마 따라 읍내에 갔다가 문방구에서 진짜 총과 똑같은 권총을 발견했다. 그는 진짜 총도 문방구에서 파는 줄 알고 얼마나 놀랐는지…. 아무리 봐도 진짜 총 같았다. 크기와 색깔, 더구나 플라스틱이 아닌 쇠로 만들어진 권총은 총싸움을 좋아하는 그를 단숨에 사로잡았다. 그는 그 총이 갖고 싶었다. 그런데 너무 비쌌다. 그가 신고 싶어 했던 운동화 값과 맞먹을 정도로.

그는 2달 동안 돈을 모아 기어코 그 총을 샀다. 그런데, 그 총을 손에 쥐자마자 그 총이 내 것이 됐다는 기쁨과 동시에 두려움도 생겼다. 너무 진짜 총 같아서.

유년시절에 이정우는 놀이로서의 총싸움과 진짜 총싸움을 구분하지 못했다. 놀이로서의 총싸움은 재미있다, 아무리 총에 맞아도 죽지 않으니까. 그러나 진짜 총싸움은 한발만 맞아도 죽는다. 그래서 두렵고, 무섭고, 고통스러운 것이다. 그가 그것을 피부로 직접 느낀 날은 군에 입대한 후 5월 24일 아군과의 총격전이 있었던 그때였다.

유년시절의 총싸움이 진짜 총싸움으로 현실화 되면서 결국 이정우는 그 총에 쓰러졌다.


**회상**

암흑이었다. 갑자기 암전이 돼버렸다. 콘센트에서 코드가 빠져 작동이 멈춰버린 전기제품처럼 내 몸의 기능이 사라져버렸다. 내가 의식을 되찾았을 때는 1달 후인 6월 23일이었다. 처음에는 어리둥절했다.

"여기가 어디지? 내가 왜 여기에 있지?"

그런데 몸을 움직일 수가 없었다. 침대에 누워서 눈만 껌벅껌벅 하고 있는데 의사가 들어와서야 사태를 파악할 수 있었다. 5월 24일 아군끼리 총격전을 하면서 내가 총을 맞고 그대로 의식을 잃었었다는 것을. 그때부터 지금까지 암전상태로 누워있었다는 것을. 의사가 내 기분을 배려하지 않고 말했다.

"자네가 다시 걸을 수 있는 가능성은 없어. 흉추가 손상돼 가슴 이하가 마비됐거든. 아마 평생 동안 휠체어 신세를 져야 할 거야."

나는 충격을 받았다. 절망했다. 할 말을 잃고 멍하게 있다가 의사가 나가고 나서야 흐느껴 울었다. 처음에는 내가 잠을 자고 있다고 생각했다. 잠을 자면서 꿈을 꾸고 있다고 생각했다. 그런데 현실이었다. 빨갱이를 잡기위해서 자진입대까지 했는데 빨갱이가 아닌 동료의 총에 불구가 되다니, 이 비극적인 현실을 절대 인정하고 싶지가 않았다. 아니 인정 할 수가 없었다. 그 짧은 순간에 내 머릿속에는 온갖 상념들로 채워졌다. 아무리 궁리를 해도 내가 마지막으로 도달하는 결론은 하나밖에 없었다.

"더 이상 나는 자랑스러운 공수대원이 아니야. 나는 사람도 아니야. 내가 할 수 있는 일은 이 세상에 아무것도 없어. 공수대원으로서 내 명예는 내가 지켜야 해. 그렇다면 길은 하나야. 죽자!"

그런데 그때서야 알았다. 나는 움직일 수 없다는 것을. 다른 사람 도움 없이는 한발짝도 내디딜 수 없다는 것을. 죽고 싶어도 죽을 수가 없다는 것을. 내가 내 몸도 내 마음대로 못하는 상상조차도 하기 싫은 지경까지 와버렸다는 것을. 그렇게 나는 죽자는 결심만 다지며 그대로 누워있을 수밖에 없었다.

그때 의무병이 들어와 내 의사도 묻지 않고 내 하체에 채워져 있는 기저귀를 갈아 끼웠다. 아무 거리낌이 없었다. 그러고 보니 나는 다른 사람 도움 없이는 대소변도 못 가렸던 것이었다. 수치 심으로 그나마 남아있던 명예와 자존심이 한꺼번에 와르르 무너져 내렸다. 지옥이 따로 없었다. 나는 한 마리의 짐승이었다. 이제 공수대원으로서 자부심과 명예는 나에게 더 이상 남아있지 않았다.

"죽자. 죽자…."

나는 말로는 수백 번의 자살을 시도하고 감행했다. 그러나 내 스스로 움직이기 전에는 죽을 어떠한 방법도 없었다. 그런데 신기하게도 하루 이틀 시간이 지나면서 내 결심도 바뀌기 시작했다. 내가 살아야 되는 이유를 만들면서 서서히 살고 싶다는 마음이 생겨난 것이다.

"내가 살아야 국군의 날이 사는 거다."

나는 뼛속까지 공수대원이었다. 지금까지 모든 일에 불가능이 없었다는 것이 내가 알고 있는 공수부대의 역사이자 전통이었다. 그것이 나에게 다시 희망의 불씨를 되살려줬다. 그날부터 나는 날마다 공수훈련 받듯이 걷는 연습을 했다.

재활훈련기간 동안에는 내 머릿속에 5.18은 없었다. 그런데 그게 아니었다. 휴게실에서 휠체어에 앉아 사이다를 마시고 있다가 우연히 벽에 부착된 TV에 눈길이 갔다. 데모하는 학생들이

뉴스에 나왔다. 그걸 보니 속이 뒤집어졌다. 내가 부상당했다고 애국심마저 버릴 수는 없었다.

"내가 왜 이렇게 됐는데, 네놈들은 데모나 하고…."

나는 소리를 질렀다.

"잘하는 짓이다. 하라는 공부는 안하고, 왜 허구한 날 데모 질이냐고, 이 빨갱이 새끼들아?! 우리나라는 저 대학생 새끼들이 문제야!"

내 맞은편의 창 옆에서 목발을 곁에 두고 나처럼 사이다를 마시던 전역병이 내가 못마땅했는지 혼잣말로 중얼거렸다. 내가 들으라는 듯이 목소리는 컸다.

"지금이 어느 때인데 빨갱이 타령이야. 나라가 어떻게 돌아가고 있는지도 모르고…."

"뭐? 당신 지금 뭐라고 했어?"

"왜? 내가 틀린 말 했냐?"

"당신도 나처럼 군에서 부상을 당한 것 같은데…, 그런데도 저걸 보고 그런 말이 나오나?"

"학생들이 데모하는 게 뭐 어때서? 다 이유가 있어 저러는 거야. 한심한 놈! 너 같은 놈 때문에 우리 군이 욕먹는 거야."

전역병은 하고 싶은 말만 하고 나가버렸다. 나는 이제 시작인데, 분했지만 휠체어에 앉아 그의 뒷모습을 쳐다볼 수밖에 없었다. 그때까지도 나에게 5.18은 빨갱이의 사주를 받은 불순분자들의 소행이었다.

1년 후 나는 휠체어를 사용하지 않고도 걸을 수 있었다. 대신 목발을 짚어야 했다. 만족하지는 않지만 이것도 내겐 기적이나 마찬가지였다. 나는 곧바로 전역을 신청했다.

### 회상

집을 떠난 지 18개월만이었다. 국군통합병원에서 출발한 택시가 서울 외곽도로를 달려 우리 마을에 도착했다. 군에 있을 때는 아주 멀리 있는 고향이었는데 겨우 한 시간거리였다. 가는 도중에 택시 안에서 나는 도무지 흥분을 가라앉힐 수 없었다. 18개월이 아닌 18년 동안 군대생활을 한 기분이었다. 광주에서의 진압작전은 이미 내 머릿속에 없었다. 나는 자랑스러운 공수대원으로 전역을 한 것이다.

택시에서 내려 마을 어귀에서 바라보는 고향은 예전 그대로였다. 유년시절의 추억이 떠올랐다. 일요일 아침마다 전봇대에 매달린 스피커에서 이미자의 노래가 흘러나왔다. 나는 더 자야하는 잠에서 깨어났다. 들어보면 급한 일도 아닌데 꼭 새벽에 공지사항을 알렸다. 물론 새마을 운동으로 지붕도 개량하고 마을길도 넓히는 등의 일로 이장이 더 바빠진 것은 사실이었지만 왜 새벽인지 나는 그 이유를 지금도 모른다. 어쨌거나, 40대의 이장은 이미자를 좋아해서 방송을 하기 전에 이미자 노래부터 틀었다.

〈섬마을 선생님〉이었다. 열아홉 섬 색시가 순정을 다 바쳐 사랑한 선생님이 서울로 떠나 가버리고, 해당화가 피고 져도 올 줄 모르는 선생님을 오늘도 기다린다는 가사가 이미자의 애절한 목소리를 타고 온 마을에 울려 퍼지면서 나는 이불 속에서 섬 색시의 속 타는 마음을 애닯아 했다.

〈섬마을 선생님〉이 끝나고 〈동백아가씨〉로 이어졌다. 섬 색시는 서울로 가버린 그 선생님을 기다리다가 그 기다림에 지쳐, 그 그리움에 지쳐 동백꽃으로 피어난다는 내용으로 나는 섬 색시의 슬픔에 완전히 동화되면서 서울로 도망간 그 나쁜 놈을 욕하고 있었다. 〈동백아가씨〉가 끝나고, 3번째 노래를 기다리고 있는데 갑자기 "끼익~"하는 마이크 소음이 들리는가 싶더니 "주민 여러분 알려드립니다"로 시작하는 카랑카랑한 이장의 목소리가 나왔다. 그때서야 나는 섬마을에서 우리 동네로 돌아왔다.

나도 이장 때문에 이미자 노래를 좋아하게 됐다. 지금은 할아버지가 된 그 때의 그 이장을 집으로 가는 중에 만나면서부터 내 신념이 깨지기 시작했다. 어르신은 목발에 의지해서 걷는 나를 못 알아봤는데, 내가 인사를 하자 그때서야 반가워했다. 근데 어딘가 불편한 기색이 있었다.

"정우 아닌가? 그 공수부대 갔다는?"

"네. 맞습니다."

"제대한 건가? 들리는 소문에는 5.18때 계엄군으로 광주에 내려갔다던데….”

“네.”

“정말? 소문이 사실이었구면. 그러면 시민들한테 총도 쐈겠구면?”

“그놈들은 다 불순분자들이었습니다.”

“에이~ 대학 다니는 우리 손자 놈은 그렇게 얘기 안하던데….”

어르신의 그 한마디에 5.18이 내 머릿속에서 부활했다. 어르신은 내가 공수대원인 것에 불편해한 것이다. 갑자기 내 마음이 어두워졌다. 나는 서둘러 집으로 갔다. 어머니, 아버지가 대문까지 나와서 나를 기다리고 있었다. 두 분은 벌써 눈가가 젖어있었다. 몇 번 병원에 면회를 와서 내 상태를 이미 알고 있었지만 목발에 의지해서 걷는 내 모습에 가슴이 아팠던 모양이었다. 뒤늦게, 이제는 대학생이 된 동생 정민이도 나와서 나를 반겨줬다.

“정우야, 고생했다.”

“엄마, 집에 오니 좋네요.”

“그래, 우리 집이야. 네가 와서 나도 정말 좋다.”

“아휴~ 엄마 머리에 흰머리 좀 봐. 많이 늙으셨네.”

“어서와, 형.”

“어? 우리 동생, 대학생 되더니 어른이 다 됐구나.”

그러나 이런 화목한 재회도 얼마가지 못했다. 오랜만에 온 가족이 모여 어머니가 아들 온다고 푸짐하게 차려낸 저녁식사를 했다. 그런데 방금 전에 마을 어르신이 내게 했던 말이 계속 마음에 걸렸다. 나는 가족들의 지지를 받고 싶었다.

"사람들은 5.18 때 진압하러 내려 간 군인들을 죄인취급 한다면서요?"

갑자기 내 입에서 5.18 얘기가 나오자 분위기가 무거워졌다. 그렇다고 여기서 그만 둘 수는 없었다. 나는 전방에서 군 생활을 했던 아버지를 보며 말했다.

"나라를 위해 한 일인데 왜 우리가 그런 대우를 받아야 하죠?"

"그러게. 나도 너와 같은 생각이다."

"난 국방의 의무를 다했을 뿐이에요. 우리가 빨갱이들을 진압한 게 뭐가 잘못된 건지 모르겠어요."

빨갱이란 말에 동생 정민이가 뭔가 불만이 있는 표정으로 밥을 먹다말고 나를 쳐다봤다. 나는 그 표정이 맘에 안 들었다.

"왜? 형 말이 틀렸냐? 그럼 너는 어떻게 생각 하는데? 너도 우릴 죄인 취급 하냐?"

"형, 형을 비난하자는 건 아니지만 광주에 가서 총칼로 진압한건 잘못된 거야. 내가 알기로는 그곳에 빨갱이는 없었어."

"야! 그게 무슨 소리야? 너도 내가 잘못했다는 거냐?"

"그게 아니고…, 난 사실을 이야기 하는 거야."

"뭐? 그게 그 말 아냐. 그래서 너도 날마다 데모 하냐?"

대화가 이상한 방향으로 흘러가자 아버지가 나를 편들고 나섰다.

"정민이 너, 데모는 그만 하고 공부도 좀 해라."

"전두환이가 광주에 사죄를 안 하고 있는데…, 아버지, 그럼 제가 아무 행동도 하지 말고 공부만 했으면 좋겠어요?"

나는 내 동생이 대학생이 되더니 빨갱이 물이 들었다고 생각했다. 아버지한테 대들 정도면 보통 심각한 게 아니었다.

"야 임마! 누가 사죄를 해!! 나라가 망해 빨갱이 세상이 되면 좋겠어?"

"형! 내가 왜 데모를 하는 줄 알아? 이게 다 형 같은 사람이 더 이상 생기지 않게 하기 위해서야!"

내 불구를 대놓고 이야기하는 걸 보면 동생은 나를 정말 불쌍하게 생각하고 있는지도 몰랐다. 더구나 내 자랑스러운 공수부대까지 모욕하다니. 집에 돌아온 첫날이라서 어머니 앞에서 이렇게까지 하고 싶지 않는데 도저히 참을 수가 없었다.

"형 같은 사람이라니? 이게 말이면 다 하는 줄 알아. 나 같은 사람이 있기 때문에 너희 같은 놈들이 데모라도 하는 거야, 임마!!"

"그래서?! 그래서 형이 광주에 가서 뭘 얻었는데? 형 꼴을 좀 봐!"

"뭐? 꼴? 이 새끼가, 내가 뭐가 어때서, 어?!! 네가 형한테 그게 할 소리야!"

보다 못한 어머니가 정민에게 그만하라며 버럭 소리를 질렀다. 그러자 정민이가 벌떡 일어나서 나가버렸다. 나는 할 말을 잃었다. 내 동생까지 나를 비난할 줄은 꿈에도 생각 못했다. 어머니한테 죄송하다고 말하고 내 방으로 돌아왔다. 군대 가기 전에 내가 썼던 물건들이 그 자리에 그대로 있었다. 침대에 멍하니 앉아 있다가 책상 위의 액자 속 사진으로 눈길이 갔다. 고등학교 교복을 입은 사진속의 내가 나를 보고 웃고 있었다. 지금의 불구인 나와 비교되면서 나를 우울하게 만들었다.

한동안 나는 고등학교 친구들을 만났다. 내가 광주이야기를 하면 그들은 대학에 다니는 친구든 고등학교를 졸업하고 직장에 다니는 친구든 거의 비슷한 이유로 나를 비난했다. 나는 이제 어디 가서 내가 공수부대 출신이었다고 더 이상 자랑스럽게 말하지 못했다. 5.18은 아예 꺼낼 생각조차 안했다. 그러면서 나는 점점 고립되어갔다.

어느 날, 하사관으로 직업군인의 길을 가고 있는 친구한테서 휴가를 나왔다며 만나자는 연락이 왔다. 내가 다리가 불편하다고 하니까 그가 우리 동네로 찾아왔다. 그동안 방구석에 처박혀 있다가 3달 만에 하는 외출이었다. 우리는 근처 선술집으로 갔다. 소주 한 병만 마신다는 것이 벌써 3병째였다. 오늘은 내가 취해도 괜찮을 것 같았다. 그는 나를 유일하게 이해해주고 있었으니까. 그에게 내 속마음을 털어놔도 괜찮을 것 같았다. 그가 내 목발을 보더니 물었다.

"진압하다 다친 거냐?"

"아니, 아군끼리 총질하다 이렇게 됐어. 기가 찰 노릇이다."

잠시 침묵이 이어졌다. 나는 계속 술을 들이켰다. 그가 또 물었다.

"어떻게 지내?"

"하루하루가 지옥이야. 날마다 광주의 악몽에 시달리고 있다. 그럴 때마다 달리 방법이 없어. 방안을 대굴대굴 구르면서 악몽에 치를 떠는 거야. 내 총에 죽어 간 사람이 날 저주하나봐. 인정하고 싶지 않지만, 다 빨갱인 줄 알고 쐈어. 이대로 가다간 미쳐 죽을 거 같아."

"그건… 명령이었잖아? 니 잘못이 아냐. 누구라도 어쩔 수 없는 상황이었어."

"그래… 그런데… 아무도 이해를 안 해주잖아. 무조건 비난만 하는 거야. 내 잘못도 커. 나는 지금까지 진실을 거부하면서 살아온 거 같아. 가끔 난… 내가 다시 인생을 시작한다면 어떤 결정을 할까? 상상해 보는데… 내가 다시 정상적인 신체로 돌아갈 수만 있다면 내가 빨갱이가 된다고 해도 상관이 없을 거 같아. 다시 옛날로 돌아갈 수만 있다면…."

"네 심정 이해가 된다. 잠시 머리도 식힐 겸 여행이나 갔다 오지 그래?"

"나도 그 생각을 하고 있어. 아주 가출을 해버리자고…."

"가출?"

초등학교 때 봄 소풍 장소는 무조건 보갑사라는 절이었다. 6년 동안 한 번도 바뀐 적이 없었다. 그곳에는 무림의 고수가 있다. 소풍가서 약수터에 물을 마시러 갔다가 약수터 뒤쪽 공터에서 무술을 연마하는 스님을 발견하고 숨어서 훔쳐보았다. 그는 무협영화에서나 볼 수 있는 그런 무공을 지녔다. 그 당시 나는 그가 경공술을 펼쳐 날아다니고 손을 뻗어 장풍을 날린다고 믿었다. 나는 그를 무림스님으로 불렀다. 무림스님! 순전히 그의 무술에 반해서 그를 좋아하게 됐다.

나는 산 속 암자로 들어가 살겠다며 집을 나섰다. 그 무림스님이 없었으면 그 결심도 쉽지 않았을 것이다. 나는 그 보갑사로 무림스님을 찾아갔다. 그는 내 처지를 눈치 챘는지 절에서 400여 미터의 거리에 있는 암자에 나의 거처를 마련해 주었다.

그 암자에서 살면서 나는 세상을 등지기로 했다.

## 22

　일기를 쓴 여자가 일기에서 이름을 말하지 않았다면 일기를 읽어주는 여자도 끝까지 자신의 신분을 밝히지 않았을 것이다. 이미 짐작을 했겠지만, 일기를 읽어주는 여자는 일기를 쓴 여자의 딸이었다.

　"김지혜."

　내가 김지혜였다. 누군가는 말했다. 5.18은 민주주의의 시작이고 전부라고. 나는 그 말을 부정하지 않았다. 그러나 나에게 5.18은 지금도 계속되고 있는 고통이었다. 내 머릿속에 찍혀버린 낙인처럼. 나는 그 5.18을 내 기억에서 지워버릴 수도 없다. 그 날 태어났고, 내가 태어난 그 날 아빠는 행방불명 됐었으니까.

　나는 5월 18일 그날부터 관심 밖이었다. 엄마는 태어난 나를 보고도 웃지 않았다. 기뻐하지도 않았다. 엄마에게는 나보다 아빠가 전부였다. 내가 태어나고 이틀 후부터 엄마는 나를 할머니한테 맡겨두고 아빠를 찾아 나섰다. 그리고 내가 태어난 날부터 며칠 후에야 나는 내 이름을 가졌다. 나는 아빠가 미리 지어놓은 이름, 김지혜가 됐다.

이제는 내 유년시절의 이야기를 해야 할 것 같다. 나는 5월 18일에 태어났다. 사람들은 그 날짜를 5월 18일이 아닌 그냥 5.18이라고 말했다. 그래서 나도 5.18이라고 읽고, 5.18이라고 말했다.

5.18이 끝났지만, 엄마는 여전히 5.18에 머물러 있었다. 엄마는 날마다 아빠를 찾으러 나갔고, 그 빈자리를 할머니가 채워줬다. 할머니가 나에겐 엄마였다. 엄마는 재직했던 학교까지 그만뒀기 때문에 할머니가 살림까지 책임져야했다. 할머니는 양동시장에 가게하나를 얻어 과일 장사를 하였다. 나는 3살까지 할머니 등에 업혀 양동시장으로 나갔다. 할머니가 장사하는 동안에 나는 혼자가 됐고, 혼자 놀았다.

지금은 개발이 돼서 건물이 들어섰지만, 1980년 그 당시에 내가 살던 그 주변에는 논밭이었다. 키 큰 플러터너스가 양옆으로 서있는 좁다란 길을 200여 미터 걸어 나가야 시내버스가 다니는 도로가 나왔다. 나는 그 길을 항상 할머니 등에 업혀서 갔다. 그 때마다 할머니에게 물었다.

"할머니, 왜 여기 나무들은 키가 커?"

"왜 그러까이?"

"할머닌 그것도 몰라? 나무들이 서로 키 크기 시합을 하니까 그렇지."

"왜 시합을 하는디?"

"그야 멀리까지 보려고 그러지. 키가 커야지 멀리까지 잘 볼 거 아냐."

"머를 보려고 그러는디?"

"아빠."

"아빠?"

"응, 아빠가 집에 와야지 엄마가 나하고 놀아주기도 하고, 동물원에도 같이 갈 거 아냐."

할머니는 매일 똑같은 물음에도 대답을 안 한 적이 한 번도 없었다. 그러나 내 입에서 아빠란 말이 나올 때마다 할머니는 마음이 많이 아팠을 것이다. 그때는 내가 할머니의 심정을 헤아리기에는 너무 어렸고, 무엇보다 밖으로만 돌아다니는 엄마가 미웠으니까.

할머니가 말이 없으면 나는 고개를 들어 하늘을 쳐다보았다. 나무들 사이로 언 듯 언 듯 파란 하늘이 보였다. 그것은 그리움이었다. 그러나 나는 아빠의 얼굴을 한 번도 본적이 없었다. 그래서 아빠에 대한 그리움도 없었고, 아빠를 그리워 할 줄도 몰랐다.

플러터너스 길을 걸어 나와 버스정류장에서 할머니와 나는 버스를 타고 양동시장으로 나갔다. 5.18이 일어난 지 여러 해가 지났다. 겉으로 보이는 양동시장은 평온하고 활기가 넘쳤다. 할머니가 장사하는 동안에 나는 빨간 우체통 옆에 앉아 지나가는 사람들을 구경했다.

늘 혼자인 나에게 양동시장은 놀이터였다. 웃는 사람, 떠들고 다니는 사람, 달려가는 사람, 싸우는 사람, 우는 사람…, 온갖 사람들이 서로 다른 모습을 하고 내 앞으로 지나갔다. 그 중에서도 나는 엄마의 손을 잡고 나온 아이를 제일 부러워했다.

시간가는 줄 모르고 앉아서 구경하다가 지루할 때면 시장을 한 바퀴 돌았다. 채소가게, 정육점, 호떡가게, 과일가게. 이불가게…, 길 양쪽으로 늘어선 가게가 나에게는 늘 새롭고 신기했다. 가다가 빵집 앞에 서서 안을 들여다보면 주인이 빵을 진열하다가 나를 발견하고 큰 알사탕을 집어 들고 나와서 나에게 말을 걸었다.

"워매~ 꼬마 아가씨, 뭐가 먹고 싶어서 왔당가?"

"사탕!"

내가 손바닥을 펴서 쭉 내밀면 주인이 그 위에 알사탕 2개를 놓아주었다. 그때서야 나는 아저씨에게 활짝 웃어 보이고 사탕을 입에 넣었다. 알싸한 단맛이 입안 가득히 퍼졌다. 그때가 내게는 양동시장에서 제일 행복한 순간이었다. 입안의 사탕이 다

녹아 없어질 쯤에 나는 다시 걸음을 옮기면서 새로운 뭔가를 찾다가 전파상 앞에서 멈췄다. 진열된 TV에서는 오락 프로그램이 진행되고 있었다. 나는 낄낄대면서 그 방송이 끝날 때까지 봤다.

"이제 뭘 하지?"

두리번거리는데, 멀리 양동시장의 끝에 위치한 교회의 십자가가 눈에 들어왔다. 나는 그쪽으로 걸어갔다. 교회는 늘 개방돼 있었다. 교회 안으로 들어갔다. 설교대 뒤쪽 벽에 나보다 더 키가 큰 십자가가 걸려있었다. 그 나무 십자가 위에 팔을 벌린 채로 팔목과 발목에 못이 박혀 고정된 예수님이 나를 내려다봤다. 나는 그 앞으로 가서 무릎을 꿇고 예수님을 올려다보며 기도했다.

"저는 요…, 가난해서 예수님께 드릴 선물을 못 샀어요. 기도만 하다 갈게요. 우리 집은 요…, 엄마하고 할머니, 저 밖에 없어요. 엄마는 날마다 아빠를 찾으러 다녀요. 가끔씩은 데모도 하구요. 그래서 저는 늘 혼자예요 예수님, 도와주세요. 엄마가 아빠를 찾게 도와주세요. 아빠가 길을 잃어버린 것 같아요. 그래서 집을 못 찾는 가 봐요. 엄마는 밤에도 대문을 열어놔요. 예수님은 우리 아빠 어디계신지 알고 계시죠? 알면… 우리 엄마에게 가르쳐주세요. 그래야 엄마가 저와 같이 놀이동산에도 가고, 숙제도 같이 할 수 있어요. 예수님, 약속해 주세요."

내가 초등학교에 입학할 때쯤 할머니는 자주 아팠다. 더 이상 장사를 할 수 없었다. 엄마와 의논한 끝에 고모네가 살면서 과수원을 하고 있는 영광 아빠 집으로 내려갔다. 엄마에게는 아빠 찾는 일이 중요해서 광주에 남았다. 나는 엄마와 헤어지는 것이 아무렇지도 않았다. 한집에 같이 살아도 엄마에겐 내가 있으나 없으나 똑같았으니까. 오히려 그게 더 좋을지도 몰랐다. 안보이면 더 이상 엄마를 찾지 않게 되니까.

엄마는 웬일인지 내 초등학교 입학식 날에는 참석했다. 분명 할머니가 꼭 내려오라고 신신당부했을 것이다. 광주에서 그 날 아침에 일찍 내려와 입학식이 끝나고 오후에 바로 올라갔다. 엄마와 찍은 사진 한 장이 그날의 전부였다. 그럴 거면 왜 내려왔는지….

나는 엄마에 대해 모른 채로 37년을 그렇게 살아왔다. 처음에는 엄마의 부탁이니까 마지못해 일기를 읽기 시작했으나 지금은 나를 위해서다. 엄마에게 다가가야 하니까. 너무 늦었지만 일기를 통해서라도 엄마와의 소통이 나에게는 천만다행한 일이었다. 대학시절에 내가 교양과목으로 들었던 심리학 개론시간에 알게 된 심리학자인 칼 융이 했던 말이 새삼 떠올랐다.

"고독은 내 곁에 아무도 없을 때가 아니라 자신에게 중요하게 여겨지는 것을 의사소통할 수 없을 때 온다."

나는 다시 엄마의 일기를 읽기 시작했다.

일기

저수지 근처에서 인부들이 땅을 파고 있었다. 나는 초조하게 지켜봤다. 작업을 감독하던 젊은 남자가 내게 다가와서 말했다. 시청 공무원이었다.

"저수지 저쪽이 5.18 당시에 공수부대 주둔지였어요. 그리고 저 도로가 광주에서 목포로 나가는 길목이구요. 군인들이 저기서 매복해 있다가 사람을 가리지 않고 마구 총을 갈겨서 많이 죽었다고 하더라고요. 그때 총에 맞았다면, 지금 발굴하고 있는 저 곳 어딘가에 묻혀있을 겁니다."

남의 일 이야기하듯 하는 말투에 나는 기분이 언짢았다. 그는 시민군도 유가족도 아닌 제삼자로 5.18을 공유하지 못한 공무원이었다. 이런 사람들의 무관심과 무지가 더 마음 아프게 했다.

나흘 동안 계속된 작업에도 헤쳐진 땅속에서는 아무것도 나오지 않았다. 내 가슴에 절망이 하나 또 쌓였다. 그것이 산처럼 쌓인다고 남편의 그것만 하겠는가.

"어딘가 차디찬 땅속에서 나를 기다리고 있을 남편은 어쩌라고 내가 여기서 힘없는 모습을 보이려 할까."

이래서는 안 된다며 약해지려는 나를 책망했다. 오늘 오후에 시위가 예정된 장소로 가는 중에 나는 다시 희망을 충전하고 있었다.

그 사람은 1981년 1월 체육관 선거를 통해 12대 대통령에 당선된 후 몇 번 광주를 방문했다. 그때마다 나는 '어머니회'의 엄마들과 함께 그 사람의 차량이 지나가는 길목에서 시위를 했다. 오늘도 우리는 금남로에서 미리 준비한 피켓을 들고 그 사람이 지나가기를 기다렸다. 저 멀리 차량이 보이면서 엄마들은 도로로 뛰어나가 구호를 외쳤다.

"전두환 물러가라!"
"광주진상을 밝혀라!"
"광주학살자를 처단하라!"

그러나 구호가 다 끝나기도 전에 근처에 있던 형사들이 우르르 몰려왔다. 폭도를 진압하듯이 엄마들의 입을 틀어막고 손을 비틀고 욕을 하면서 옷이 다 벗겨지도록 머리채를 잡아 질질 끌고 갔다. 주변의 사람들이 쳐다봐도 소용없었다. 형사들은 도로에 세워져있는 봉고차에 엄마들을 강제적으로 태우고 어딘가로 출발했다.

봉고차가 광주를 빠져나와 지방도로를 달렸다. 얼마나 갔을까. 차창으로 보이는 풍경이 낯설었다. 이제는 충분하다 싶었는지 그때부터 형사가 중간 중간에 엄마들을 한사람씩 강제로 내려놓았다. 내가 항의하자 거친 욕설이 돌아왔다. 결국은 차안에 나 혼자 남았다. 차가 30여분 더 달리다가 멈췄다. 형사가 차문을 열고 나를 쳐다봤다. 나는 내리지 않았다.

"그러게 데모는 왜 하세요. 우리라고 하고 싶겠어요. 위에서 시키니까 하지. 빨리 내리세요. 우리도 바빠요."

떠밀려 내리자 차는 횡하니 가버렸다. 나는 망연자실한 채 그대로 서 있다가 정신을 차리고 주변을 둘러보았다. 도로 양옆으로는 온통 논과 밭과 산이었다. 지나가는 버스도 없었다. 나는 무작정 도로를 따라 걸었다. 멀리 표시판이 보였다. 그곳은 남원이었다. 나는 1시간을 더 걸어가서야 버스가 다니는 곳까지 왔다.

늦은 밤, 12시가 다 되어 집에 도착했다. 한두 번 겪는 일이 아니라서 크게 놀라지도 않았다. 분노만 더 쌓일 뿐이었다. 그 사람이 광주에 올 때마다 경찰은 유족들을 이런 야비한 방식으로 격리시켜 시위를 사전에 차단하였다. 유족들의 고통이 언제나 끝나려는지 그 끝이 안보였다.

다음 날 아침이었다. 나는 전단지를 한 뭉치 들고 집을 나섰다. 〈사람을 찾습니다〉라는 제목으로 행방불명된 날짜와 남편 사진이 들어간 전단지였다. 오늘은 전남대학교가 보이는 거리에서 전단지를 돌렸다. 5.18 당시에 치열하게 시위가 벌어졌던 곳이라서 혹시 목격자가 있지 않을까 하는 기대가 다른 곳보다 더 컸다.

오후에는 남편을 끔찍이 아꼈던 대학교의 철학과 교수를 만났다. 그도 남편의 행방은 몰랐다. 이번에도 같이 걱정하면서 커피를 마시고 저녁을 먹는 것으로 끝났다.

1987년 6월, 그 사람이, 그 당시 광주에서 사람이 그렇게 많이 죽었는데, 설마 대통령을 하려고 할까 했던 그 사람이 대통령이 돼서 임기를 다 채우고 물러날 때가 되었다. 그 사람과 손발을 맞췄던 사람이 그 사람의 뒤를 이어 대통령이 되겠다고 나섰다.

나는 서울로 올라와 며칠 째 시위를 하고 있었다. 정권을 바꿔야지 남편도 찾고, 광주 진상규명도 제대로 할 수 있다고 생각했다. 시청이나 서울역 앞에서 5월 단체들과 같이 직선제로의 개헌을 외쳤다.

"호헌철폐!!"
"직선개헌!!"
"광주 진상규명하라!!"
"살인정권 물러가라!!"

1987년 6월10일, 잠실체육관에서는 민정당 후보지명 전당대회가 열렸다. 민정당 당원들의 함성과 그 사람의 이름을 연호하는 소리가 체육관 밖에까지 들렸다.

"노태우! 노태우!"

체육관 밖에서는 이에 맞서 시민들이 구호를 외치며 격렬하게 시위를 벌렸다. 나는 대회장 안으로 진입하려다가 당원들로부터 강력하게 제지를 당했다.

"당신들 뭐야?"

"여기가 어디라고 들어가려고 해! 나가!!"

주변의 당원들까지 몰려들어 "우~우~" 야유하며 나를 빨갱이로 몰았다.

"빨갱이들은 물러가라!! 물러가라!!"

서너 명의 당원들이 나를 양쪽에서 잡고 거칠게 밖으로 밀쳐냈다. 나는 조금도 굴하지 않고 외쳤다.

"저는 빨갱이가 아닙니다! 전두환, 노태우, 저들이 국민들을 속이고 있습니다. 제가 여기에 온 건 광주의 진실을 말하기 위해섭니다. 이 정권은 살인자 정권입니다. 1980년 5월에 광주에서 민주화를 외치다 죽어간 사람들을 생각한다면 이 정권을 그대로 놔둬서는 절대 안 됩니다. 반드시 이 자들을 법정에 세워야 합니다. 그러기 위해서는 직선제로의 개헌이 필요합니다."

나는 내 몸이 그들에 의해 내동댕이쳐질 때까지 외쳤다.


"호헌철폐!! 호헌철폐!!"


체육관 밖에 설치된 TV에서는 전당대회장 안에서 노태우가 하고 있는 연설이 중계되고 있었다.

"우리는 정권을 내 놓을 수 없습니다. 여러분들이 저를 대통령
으로 뽑아주시면 저 노태우, 위대한 보통사람의 시대를 만들겠
습니다."

당원들이 그 사람의 이름을 외치며 열광했다.


"대통령!! 노태우!!"


그러나 시위대의 함성에 보통사람이라는 그 사람의 이름은 금
방 묻혀버렸다. 경찰들이 최루탄을 터트리며 진압을 시작하였
다. 나는 시청으로 갔다. 직선제를 요구하는 수많은 시위대로 인
해 시청 앞 도로의 교통은 마비상태가 됐다. 경찰의 경고에도 불
구하고 시민들은 계속 늘어 직선제를 요구하는 함성이 시청광장
을 덮어버렸다.

# 23

　엄마가 경찰서로 끌려갈 때 나는 초등학교에 입학했다. 엄마가 서울로 올라가 시위를 할 때 나는 봄 소풍을 갔다. 입학해서 처음으로 가는 봄 소풍이었다. 그 전날 밤에 할머니가 김밥을 말았다. 나는 즐겁지 않은데 할머니는 콧노래까지 흥얼거렸다. 나는 소풍이 싫은데 할머니는 설레는 것 같았다. 나는 할머니한테 엄마가 소풍 가는 날에 오냐고 묻지도 않았다. 우리 반 애들이 며칠 전부터 손꼽아 기다리는 그 날에 비가 내렸으면 했다. 남들은 다 엄마 손잡고 가는데 나는 할머니와 같이 갔다. 나는 엄마가 없었다.

# 24

요양원의 이정우는 일기가 후반으로 갈수록 마음이 다급해졌
다. 일기의 마지막 장이 궁금하기도 했고, 그 결말을 그가 받아
들일 수 있을까 하는 두려움도 생겼다. 어쨌든 이제부터는 준비
를 해야 할 것 같았다.

이정우는 지금의 심정이 소를 내다 팔 수 밖에 없었던 그 당시
아버지의 심정이 아닐까 생각해봤다. 그가 고등학교 2학년 때의
일이었다. 돈이 급히 필요했던 아버지가 며칠 애를 태우며 고민
한 끝에 오랜 세월 동고동락을 같이 했던 암소를 내다 팔기로 결
정했다. 우리 집 소는 아침 일찍부터 잠자리에 들 때까지 하루
일과를 아버지와 함께했다. 말을 못하는 가축이지만 눈빛, 몸짓,
울음만으로도 아버지와 소통하는 아버지의 든든한 조력자이자
삶의 친구였다. 우직하고, 부지런하고, 남 탓하지 않는, 오직 일
밖에 모르는 성격이 아버지와 그대로 닮아있었다.

소가 팔려가던 날, 트럭이 집에 도착하기 전에 소의 머리를 쓰다듬으며 소와 작별을 한 아버지는 정작 트럭이 도착해서 소가 실려 갈 때는 자취를 감추었다. 차마 눈앞에서 보낼 용기가 없었던 것이다. 멀리서 소가 트럭에 실리는 모습을 보며 눈물을 흘렸을 아버지는 나중에, 소가 그 큰 눈에 눈물이 글썽였다는 트럭운전사의 말을 듣고 그날 밤 저녁도 거른 채 한숨만 푹푹 쉬며 술만 마셨다.

그때 아버지의 심정이 어떠했을까는 이정우가 살아가면서, 결국 광주에서 검정고무신을 신은 아이에게 방아쇠를 당김으로서 깨달았다.

삶은 우리가 의도하지 않은 방향으로 가는 경우가 더 많았다.

그것은 유년시절 그의 놀이친구였던 강아지 해피가 죽던 날의 슬픔과는 또 달랐다. 다시 생각해보니까, 지금 이정우의 심정은 아버지의 그것보다는 트럭에 실려 가는 소의 심정에 더 가까운 것은 아닌지.


**회상**

나의 보갑사에서의 생활도 여전히 지옥이었다. 사람들만 피하면 될 줄 알았는데 진짜 적은 내 안에 있었고, 방황은 계속됐다. 어쩌면 벌써 절망의 끝에 다다라 결정만을 남겨둔 것인지도 몰랐다.

암자 앞에 나무가 하나 서있다.

그 가지위에 까마귀가 울지도 않고 앉아있다.

그 웅크린 모양이 저승사자다.

나는 그 까마귀를 앞에 두고 죽음을 기웃거린다.

저 산 넘어 세상은 나와 무관한 것이다.

한번으로 끝내 버리자.

무슨 특별한 날이 또 있겠는가.


이것은 죽음으로 가는 나의 제의였다. 결국은 그랬다. 내 총에 죽은 그 검정고무신을 신은 아이를 두고 나는 뻔뻔하게 이 세상을 살아갈 자신이 없었다. 그런데 문제는 무림스님이었다. 그는 틈나는 데로 내게 와서 깨달음을 설파하면서 나를 망설이게 만들었다.

그는 서울대학교를 다녔다고 했다. 주변의 기대를 한 몸에 받는데 학생운동을 하면서부터 도망 다니다가 산속에 들어와 절에 숨어 있다가 절이 좋아 아주 스님이 되었다고 했다. 내가 물었다.

"그래서 득도 하셨나요?"

"글쎄, 남자로서의 정체성은 잃었지만, 영원한 평화는 얻었지."

웃음이 나왔지만 참았다. 쉽게 말하면, 그는 남자가 아니라는 것이었다. 근데 내가 볼 때 그는 나보다 더 세속적이었다.

그는 외모와는 어울리지 않게 영화광이었다. 다른 것은 다 비울 수 있어도 그가 모아둔 비디오테이프는 버릴 수 없다고 했다. 그의 방에는 그것들이 한 벽면의 책꽂이를 다 채우고도 그 옆으로 위태롭게 무더기로 쌓여있고, 그 옆의 밥상 위에는 그것을 볼 수 있는 일체형 비디오레코더가 놓여있었다.

어느 날 스님은 나를 끌고 자기 방으로 데려갔다. 나에게 테이프 하나를 주면서 당장 보라고 했다. 나는 그처럼 영화광은 아니지만 거절할 이유는 없었다. 근데 영화가 문제였다.

올리버 스톤 감독의 〈7월 4일생〉이었다. 내 취향이 아니었다. 나는 내 성격대로 액션영화를 좋아했다. 지금 내 머릿속의 것도 감당 못하고 있는데 나를 더 복잡하게 만드는 영화는 싫었다. 그러나 스님의 한마디에 나는 볼 수밖에 없었다.

"7월 4일이 뭔 날이야?"

"7월 4일이요? 스님 생일이세요?"

"이런 무식한 놈 봤나. 궁금하면 일단 봐!"

스님이 나갔다. 궁금해서 안볼 수가 없었다. 눈치 봐야 할 사람도 없고, 나는 벽에 등을 기대고 아주 편안하게 자세를 잡았다. 영화는 아이들의 총싸움으로 시작됐다. 내 어린 시절을 보는 듯 했다. 미국이나 한국이나 애들 노는 것은 비슷했다. 영화가 계속되면서 나는 집중할 수밖에 없었다. 바로 내 얘기였다. 내 지금까지의 삶이 거기에 있었다.

주인공은 마을 뒷산에서 동네 친구들과 총싸움이나 하는 보통의 아이다. 그런 그가 성장하면서 그의 가슴속에는 뜨거운 애국심과 책임감이 자리 잡는다. 그는 7월 4일 미국 독립기념일에 태어났으니까. 그 날이 그를 미국의 대표선수로 규정해 버렸다. 그는 그런 자부심으로 운동 잘 하고 부모님 말 잘 듣는 건전한 고등학생으로 성장한다.

"그래, 맞아. 내가 10월 1일 국군의 날에 태어났잖아. 그 때문에 영화 속의 주인공처럼 나도 애국심이 특별하다니까."

가장 모범적인 청년의 삶이 졸업을 앞 둔 어느 날, 학교로 찾아온 해병대 모병관에 의해 결정적인 전환기를 맞는다. 푸른 제복과 절도 있는 동작, 확신에 찬 말투 등은 그의 애국심에 불을 붙이기에 충분했다. 그는 조국의 부름에 보답하기 위해 기꺼이 입대를 결심하고 어릴 때부터 좋아했던 여자 친구에게 이별을 고한 후에 해병대에 입대, 베트남전에 참전한다.

"내가 그랬어. 박정희가 부하의 총에 죽으면서 빨갱이로부터 나라를 지키자고 공수부대에 자원입대 했잖아. 너는 얼굴이 잘 생겨 여자 친구 사귀는데 별 어려움이 없겠지만, 여자 친구 있는 게 꼭 좋은 것만은 아니더라. 터미널에서 네가 불구로 여자 친구 앞에 나타났을 때 그때의 여자 친구 표정을 너도 봤지? 휠체어에 앉아있는 너를 보고 미세하게 변하는 그 표정. 살다보면 혼자가 더 좋을 때도 있더구나. 어쨌든 이별은 다 힘들어. 나도 부모님과 이별하는데 눈물이 다 났다니까."

주인공은 전투 중에 무고한 양민을 학살하게 되고, 처참하게 죽어있는 모습을 보면서 그는 처음으로 죄책감에 빠진다. 그 이후로 그는 마음의 안정을 찾지 못하고 혼란스러워 하면서 전투 중에 자기에게 달려오는 적을 향해 방아쇠를 당겼는데, 쓰러진 사람은 적이 아닌 그의 동료였다. 그 후 그도 적의 습격으로 발목과 가슴에 총알이 관통하면서 쓰러진다.

"아마 너도 피를 흘리며 죽어있는 네 동료를 바라보며 전쟁에 회의를 느꼈겠지. 나도 그랬어. 그때 그 검정고무신을 신은 애가 내 총에 쓰러지고 나서 처음에는 인정하기 싫었지만 지금은 그 죄책감으로 괴로워하며 살고 있어. 내가 어떻게 해야 되냐?"

주인공은 국군통합병원으로 이송되고, 제대로 치료받지도 못하고 짐승처럼 취급되는 처우에 조국을 위해 싸운 자신을 인간 대접 해달라며 외쳐보지만 아무도 귀를 기울이지 않는다. 그는 절망했으나 그때까지 그의 애국심은 여전히 변함이 없었다. 반전주의자들에 의해 불태워지는 TV속의 성조기를 바라보며 충격을 받지만, 오히려 그들을 향해 미국이 싫으면 떠나라고 외친다.

"그래, 네 마음 이해가 된다. 나도 통합병원에서 공수대원으로서의 명예와 자부심이 구겨져 버렸으니까. 나는 나라를 지키기 위해 뺑이 치는데 학생들은 데모나 하고…."

주인공은 불구가 되어 휠체어를 탄 채 집으로 돌아온다. 그러나 미국은 반전대모에 빠져있고, 사람들은 베트남전쟁에 무관심했다. 어릴 적 같이 총싸움했던 친구마저 그를 힐난한다. 심지어 그의 가족, 남동생조차도 그를 비난했다.

그는 심한 충격을 받고 마음은 서서히 흔들리기 시작한다. 그는 베트남전에 같이 참전했던 친구를 만나 자기가 다시 건강해질 수만 있다면 자기가 믿었던 모든 가치관을 포기하겠다며 자기의 속마음을 털어놓는다.

"그래, 너도 얼마나 마음이 아팠겠냐. 천 번 이해한다. 군대도 안간 내 친구 놈들이 그런 말 했을 때 나도 정말이지 죽이고 싶었어. 네가 시위현장에서 절망감과 좌절감만을 안고 집으로 돌아와 네 가족들에게 외치는 장면에서는 눈물이 다 나더라. 내가 하고 싶은 말이었거든. 네가 하는 말 중에서 베트남을 광주로 한 단어만 바꾸면 완벽하게 내가 하고 싶은 말이 되더라. 내가 바꿔서 외칠 거니까 한번 들어 봐"

"죽지 않은 게 문제예요. 살아야 하니까. 굴러다니면서 사람들에게 광주(베트남)를 상기시켜요. 전 무용지물 이예요. 모든 것이 거짓말이었어요. 공산당을 막으러 가서 부녀자를 쐈어요. 국가가 빨갱이를 저주하고 우릴 선동했어요."

주인공은 마음을 정리하기 위해 멕시코로 여행을 떠나 그곳에서 방황하다가 다시 집으로 돌아와 자기 총에 죽은 동료의 무덤에서 사죄하고, 그의 집을 찾아가 그의 부모와 그의 부인에게 용서를 빈다. 그 후 완전한 반전주의자로 거듭난 그는 비로소 고향으로 돌아왔다고 말하며 영화는 끝난다.

"7월 4일생과 10월 1일생, 태어난 날짜만 다를 뿐 우리는 하나였어. 영화 속의 네가 내 대신 모든 것을 다 해 주었어. 고맙다. 울어주고, 분노하고, 사죄하고, 시위하고, 넌 진짜 해병대 용사야. 근데 나는? 공수부대 용사가 될 수 있을까?"

나는 영화 속의 그가 대단해 보였다. 후련했지만 그러나 슬펐다. 현실 속의 나는 지금 아무것도 안하고 도피해 있는데, 내 두 눈에는 눈물이 고였다.

영화가 끝나고도 1시간 후에 스님이 나타났다. 울어서 부은 내 눈을 보고 그는 이미 내 심정을 간파하고 있었다는 듯이 미소를 지었다. 아마 그럴 것이다. 그가 시나리오를 썼고 나는 그 시나리오대로 움직였으니까. 그가 이 영화를 권한 이유를 알 것 같았다.

"어때, 재밌었나?"

나는 대답하지 않았다. 아니, 할 수 없었다. 그는 내 맘을 풀어주려는 듯 손수 봉지커피 두 잔을 종이컵에 타서 밥상위에 놓고 앉았다. 종이커피와 스님이 묘하게 어울렸다. 스님은 나에게 하고 싶은 이야기가 많은 듯 했다.

"자네도 이제는 알고 있듯이, 7월 4일은 미국의 독립기념일이야. 이 날을 제목으로 만들어진 영화가 〈7월 4일생〉이고. 주인공이 태어나서 살았던 1950년대와 60년대는 극단의 미소 냉전이 휘몰아치는 시대였어. 정부와 사회, 교회가 앞장서서 빨갱이로부터 조국을 지켜야한다며 젊은이들에게 애국심을 강요했지. 한국은 그 보다 더했으면 더했지 못하지는 않았어. 이 영화는 바로 그 시대를 배경으로 하고 있다는 거야."

그는 커피 한 모금을 입에 넣으면서 나를 쳐다봤다. 나는 밥상 위에 놓여있는 내 커피 잔만 주시했다. 야단맞는 학생의 심정이었다.

"그 시대를 살아온 사람이면 그런 아픔 하나쯤은 다 가지고 있어. 나는 공수부대를 비난하고 싶지 않아. 대한민국의 청년들이면 누구나 다 군대를 가야하고, 갔다 왔으니까. 군을 자랑스럽게 생각하지 않은 사람은 없을 거야. 근데 말이야, 자네와 영화 속의 주인공이 완벽하게 서로 닮았는데 다른 것이 딱 하나있어."

나는 그가 하려는 다음 말을 짐작할 수 있었기에 긴장하지 않았다. 그러나 내 내부의 갈등은 더 커져갔다.

"그것은 사죄의 유무야. 명예는 피해자들에게 사죄했을 때야 지켜지는 거지. 공수부대, 우리나라 최강의 부대 아닌가. 자부심을 가질 만하지. 자네가 진정으로 사죄했을 때 비로소 모든 것들이 제 자리로 돌아갈 수 있어."

스님은 영화의 힘을 빌려서 딱 부러지게 내 문제를 정리해줬다. 그가 보기에 내가 암자 뒤 절벽에서 뛰어내리지나 않을까 불안했을 것이고, 이 문제를 어떻게 해결해줄까 고민하다가 이 영화를 내게 권했을 것이다.

　나는 암자로 돌아왔다. 영화로 인해 모든 것이 분명해졌다. 나는 암자를 떠나기로 했다.

## 25

사실 내가 5.18을 소재로 한 영화의 주연 제의를 받았을 때 처음에는 거절했다가 며칠 전에야 받아들였다. 그 때문에 나는 이 영화에 이미 캐스팅 된 다른 배우들보다 더 많은 연기연습을 해야 했다. 오늘도 하루 종일 영화사에 있다가 밤이 되서야 요양원으로 갔다. 6시가 넘으면 면회가 안 되지만, 미리 원장에게 전화로 양해를 구해놨었다. 내 생각에 이정우는 코마상태라서 늦은 밤도 실례가 안 될 것 같았다. 오늘은 요양원에서 밤을 새울 작정이었다.

나는 승용차를 운전해 들길을 달려 산 밑에 있는 요양원으로 갔다. 창밖을 보면, 가로등이 없는 산은 그냥 어둠으로 내가 그 속으로 빨려 들어가는 착각을 일으켰다. 요양원에서 흘러나오는 주먹만 한 불빛 서너 개가 없었다면 나는 어둠속에서 헤맬지도 몰랐다. 지금의 나처럼. 다행히 그 불빛이 요양원의 위치를 안내해줬다.

나는 이정우가 누워있는 방으로 갔다. 소리가 안 나게 요령껏 문을 열고 들어갔다. 전등의 불빛으로 명암이 생겨서인지 그의 누워있는 모습이 낯설었다. 보는 각도에 따라서는 기괴하기까지 했다. 나는 침대 옆에 준비돼있는 의자에 앉아 일기를 읽기 시작했다.

### 일기

이제 와서 왜 갑자기 그곳을 생각해냈는지 모르겠다. 아니, 왜 지금까지는 그 생각을 하지 못했는지 모르겠다. 미니버스 총격 사건이 있었던 마을 말이다. 그곳은 광주에서 화순으로 나가는 길목에 위치해 있어서 계엄군의 주둔지가 되었고, 그 때문에 광주로 들어오거나 나가려는 사람들이 공수부대의 총격으로 사망하여 그 근처 야산이나 저수지에 암매장되었다.

나는 그 마을로 갔다. 대한민국 어디서나 볼 수 있는 그냥 보통의 마을이었다. 생존자들의 증언이 있기 전까지는 아무 일도 없었던 그런 마을이었다. 그곳에서도 비극은 오랫동안 그렇게 유가족들만의 몫이었다.

나는 인근 야산과 저수지를 둘러봤다. 저곳 어딘가에 남편이 묻혀 있을 것만 같았다. 그러나 심증만으로 산 전체를 다 파해 칠 수도 없는 일이었다. 막막했다. 내가 당장 할 수 있는 일이

둘러보는 것 말고는 아무것도 할 수 없었다. 저절로 한숨이 나왔다.

나는 마을로 향했다. 초등학교 앞을 걸어가는데 마을로 들어오는 택시가 내 옆에서 멈췄다. 문이 열리면서 목발이 먼저 나오고 그 목발에 의지해서 한 남자가 어렵게 몸을 문밖으로 내밀었다. 그는 장애인이었다. 나는 필요하면 부축해주려고 그 옆으로 다가가 서있었다. 30대 중반 정도로 보이는 남자로 어디서 본 듯한 인상이었다. 택시가 떠나고 그 남자는 그 자리에 서서 주변을 둘러보다가 내 시선을 알아채고는 불편했는지 나를 쳐다보았다. 나는 멋쩍어서 가려는데 그 순간 떠올랐다.

"아~ 그 골목에서…."

그는 5.18 당시에 골목에서 넘어진 나를 그냥 보내준, 살려준 공수부대 그 군인이었다. 그가 나를 곤봉으로 내리치려고 할 때 순간적으로 그의 명찰을 봤었다.

"이정우."

이정우였다. 그도 나를 알아봤다. 따져보면 가해자와 피해자의 만남인데 아무리 오랜만에 만났다하더라도 서로의 신분을 아는 순간 서로는 반가워할 수는 없는 일이었다. 그러나 솔직히 나는 그에게 증오보다는 고마움이 더 컸다.

왜 그랬는지는 모르겠다. 누가 먼저랄 것도 없이 그와 나는 초등학교 교문 안으로 들어가 나무 밑에 놓여있는 철제의자에 앉았다. 말없이 서로 앞만 보고 있었다. 내가 이 남자에게 무슨 말을 해야 하나, 그때 살려줘서 고맙다고 해야 하나, 아니면 무자비한 진압을 지금이라도 비난해야 하나, 고민 아닌 고민으로 갈등하고 있는데 그가 먼저 입을 열었다.

"미안합니다."

"네? 뭐가요?"

순간 나는 당황해서 그렇게 말해버렸다. 13년 만에 만났는데 뭐가 미안할까. 이정우는 지금까지 나에게 그런 마음을 가지고 살았던 것일까. 나는 그의 옆모습을 쳐다보았다. 그는 그때의 그 무섭고 잔인했던, 총 개머리판을 마구 휘두르던 악마 같은 공수부대원이 아니었다. 삐쩍 마르고 병색이 짙어 보이는 민간인이었다. 그는 왜 미안한지에 대해서는 말하지 않았다. 내 짐작으로 그는 아마 5.18 당시에 시민들에게 가했던 폭력에 대해 나에게 사과하는 게 아닐까 했다.

그러나 그는 더 이상 말이 없었다. 나도 딱히 할 말이 떠오르지 않았다. 이런 침묵이 불편했다. 이제 그만 가자고 해야 할 것 같았다. 그때 그가 다시 입을 열었다.

"여기는 웬일이세요?"

그와 마주한 그 짧은 시간에 나는 남편을 잊고 있었다. 이정우는 내가 여기 온 이유를 상기시켜줬다. 항상 어디를 가든 가방 속에 한 묶음씩 가지고 다니는 전단지를 서너 장 꺼내 그에게 건

넀다.

"제 남편이어요. 그때 행방불명됐어요."

그는 전단지를 받아들고 꼼꼼히 살폈다. 거리에 나가 전단지를 돌리다보면, 나를 의식해서 건성으로 읽는 척하는 사람도 있고, 내 앞에서 보라는 듯이 구겨서 휴지통에 던져버리는 사람도 있는데, 그래도 이 사람은 뭔가 찾아내겠다고 애쓰는 모습에 고마움마저 들었고, 그가 기억해 내는데 도움이 될까봐서 전단지 내용에 없는 설명을 덧붙였다.

"그 당시 제가 임신 중이었고, 18일 그날은 제 출산 예정일이라서 남편은 저를 보러 시골에서 광주로 올라왔어요."

그리고 혹시나 해서 그의 얼굴을 주시하고 있는데 그가 자신할 수는 없지만 가능성이 있다는 말투로 말했다.

"여기 이 사람이… 그 사람인지 확실치는 않지만…."

그 말을 듣는 순간 숨이 멈춰졌다. 처음으로, 13년 만에 처음으로 듣는 말이었다. 나는 그의 입을 쳐다보며 그의 다음 말을 기다렸다. 나의 이런 모습에 그도 부담이 됐는지 숨을 크게 들이 내쉬었다.

"이 사진속의 사람을 본 것 같습니다. 그러니까, 그날, 5월 18일 날 아침에 전남대학교 교문에서 학생들의 시위를 진압하다가, 오후에 금남로로 이동하여 계속 진압을 하고 있었습니다."

그의 이야기는 이랬다.

　공수대원들이 지나가는 버스를 세우고 학생으로 보이는 사람들을 끌어내렸다. 조금이라도 반항하면 무자비하게 곤봉을 휘둘렀다. 그때 버스 안 뒷좌석에 앉아있던 체크남방을 입은 남자가 왜 학생들을 끌고 가냐며 항의를 했다. 그러자 공수대원이 남자를 버스에서 내리게 해 도로에 꿇어앉혔다.

　버스를 보내고, 공수대원 한명이 다가가서 남자가 귀중한 물건처럼 품에 꼭 안고 있는 가방을 빼앗아 혹시 시위용품이 들어있을까 의심해서 바닥에 대고 흔들었다. 가방에서 아기용품들이 쏟아졌다. 그러자 남자가 흥분해서 벌떡 일어나 거칠게 대들었고, 공수대원 서너 명이 달려들어 개머리판으로 남자의 머리를 내리찍으며 폭행을 가했다. 남자가 피투성이가 된 채 축 늘어졌고, 공수대원이 남자를 군용트럭에 던져버렸다. 남자가 쓰러졌던 자리에는 아기용품들이 뒹굴었다.

　그는 목격자처럼, 제삼자처럼 말했지만, 그의 목소리는 떨렸고, 그것만으로도 이미 그도 공범자였다는 것을 인정했다.

　나는 그의 입에서 아기 용품이란 단어가 뱉어지는 순간부터는 내 정신이 아니었다. 그 남자는 내 남편이었다. 남편이 분명했다. 하늘이 무너진다는 말도 나에겐 부족했다. 그가 부들부들 떨리는 내 분노를 느끼고는 변명이라도 하려는 듯 시선을 땅으로 깔고 말했다.

"그때 저도 그 도로에서 진압을 하고 있었습니다. 저는 그 폭행에 가담하지는 않았지만, 도로에 나뒹굴고 있었던 그 아기용품들 때문에 제가 그 사람을 기억하고 있습니다. 그 때는 그랬습니다. 불순분자가 무슨 아기용품을 다 가지고 다닐까, 하는 생각을 했었습니다."

그가 말을 이어가지 못했다. 나는 이 사람 앞에서 내가 스스로 약한 모습을 보여선 안 될 것 같았다.

"그래서 그 트럭은 어떻게 됐나요?"

"나중에, 그 트럭에 동승했던 대원에게 그 사람을 어떻게 처리했는가 물어봤는데 암매장 했다고 그러더군요."

암매장, 암매장이란 말에 희망이 와르르 무너지면서 머릿속에서는 천둥번개가 치고 귓속에서는 매미가 앵앵 거렸다. 믿고 싶지 않은, 그러나 남편의 죽음이 이제 현실로 다가오는 순간이었다.

"그 대원을 만날 볼 수 있을까요?"

"그게… 그 대원은 이곳, 저기보이는 저 야산에서 아군끼리 총격전이 있었을 때 총을 맞고 죽었습니다. 저도 그때 부상을 당해 이렇게 됐습니다."

다시 막막해졌다. 그런 내 심정을 알기라도 하듯이 그가 이번에는 고개를 들고 나를 보면서 말을 했다.

"그 장소는 제가 알고 있습니다. 총격전이 있기 하루 전에 그 대원이 그랬습니다. 여기 마을 뒷산에 귀신굴이 하나 있는데, 일제 강점기에 파놓은 굴이라고 합니다. 그곳에 암매장 했다고 들었습니다."

그는 할 말을 다해서 더 앉아 있기가 불편했는지 마을로 걸어 들어갔다. 목발에 의지해서 가는 그의 뒷모습을 보면서 나는 이제야 알 것 같았다. 그가 처음 나를 보고 미안하다고 했던 그 이유를. 나는 그 자리에 그대로 앉아 있었다. 그러나 울지 않았다. 산 너머로 지는 해가 서쪽 하늘을 붉게 물들이고 있었다.

## 26

"이정우."

요양원의 이정우는 지혜가 읽어주는 일기를 들으면서 도망가고 싶었다. 빨리 깨어나서, 지혜가 없을 때 일어나서 도망가고 싶었다. 그런데 잠을 자고 있었다. 잠을 자면서도, 왜 그가 잠을 자는지도 몰랐다. 계속 잠을 자다보니, 이제는 이 모든 것들이 그가 꾸는 꿈속에서 벌어지는 일들이 아닌가 의심했다. 그러나 하나하나 일기를 통해 밝혀지면서 그는 더 이상 꿈속 일이라고 핑계를 될 수도, 도망 갈 수도, 몸을 숨길 수도 없었다. 지금은 그가 나서서 설명을 해야 했다.

### 회상

나는 암자를 떠났다. 무림스님한테는 얘기하지 않았다. 그러나 스님은 나중에 내가 떠난 빈 방을 보고도 놀라지 않을 것이다. 그는 이미 예상을 하고 있었으니까.

나는 5.18 당시에 내가 주둔했던 곳으로 갔다. 서울에서 고속 버스를 타고 광주로 가서 거기서 택시를 타고 그 마을로 들어 갔다.

13년 만에 다시 밟아보는 마을이었다. 감회 따윈 없었다. 오히려 마을 주민이라도 만나면 나를 알아 네놈이 여길 무슨 낯짝으로 왔냐는 호통이라도 들을까봐 몸과 마음이 잔뜩 움츠려 있었다.

나는 택시 문을 열고 목발에 의지해서 내렸다. 택시가 떠나고, 마을을 한 번 둘러보는데 언제 내 옆으로 왔는지 어떤 여자가 나를 바라보고 있었다. 무시하고 가려는데 계속 그 자리에 서있었다. 나한테 무슨 볼 일이 있나 해서 여자의 얼굴을 쳐다보았다. 근데, 낯이 익었다.

"누굴까?"

기억을 더듬어보는데, 순간적이긴 했지만 여자가 나를 힐끗 보다가 갑자기 두려운 표정을 지었다. 그제야 알았다. 여자는 내가 5.18 당시 광주 골목에서 진압할 때 만났던 그 여자였다. 이제는 중년의 여자가 돼있었다.

"조용히 왔다가고 싶었는데, 왜 하필이면 여기서…."

여자는 광주에서 내가 저지른 짓을 모두 알고 있는, 그래서 피하고 싶은 사람이었는데 외나무다리에서 맞닥뜨린 꼴이었다.

정확하게 정리는 안 됐으나 여자에게 사과의 말을 해야 할 것 같았다.

"미안합니다."

5.18 이후로 내가 처음으로 해보는 사과였다. 그런데, 여자는 당황하면서 왜 사과를 하냐는 듯이 "왜요?"라고 되물었다. 내가 또 무슨 실수라도 한 게 아닌가, 해서 간신히 고개를 들었는데 여자가 빤히 나를 쳐다보고 있었다. 내가 계속 말하기를 기다리고 있는 것 같았다. 그러다보니 엉겁결에 내입에서 나온다는 말이 뜬금없는 질문이 돼버렸다. 여자와 내가 터놓고 지내는 친구 사이도 아닌데 그 분위기에는 어울리지 않은 말이었다.

"여기는 웬일이세요?"

근데 여자가 기다렸다는 듯 가방에서 뭔가를 꺼내더니 내게 내밀었다. 받아보니 남자의 얼굴이 크게 확대된 사진이 들어가 있는 전단지였다.

"제 남편이어요. 그때 행방불명됐어요."

여자의 간절한 표정에, 더구나 남편이 행방불명됐다는데 나는 거절 할 수가 없어 전단지를 받아 찬찬히 읽어보았다. 1980년 5월 18일 이후로 사진속의 남자가 집에 들어오지 않는다는 내용이었다. 그렇다면, 올해가 1993년이니까, 남편은 13년 동안이나 행방불명이고, 이 여자는 13년 동안이나 남편을 찾아다니고 있다는 말이었다. 그런데, 이 사진 속 남자의 얼굴이 낯이 익었다.

어디서 봤을까, 기억을 더듬어 보는데 여자가 말했다.

"그 당시 제가 임신 중이었고, 18일 그날은 제 출산 예정일이라서 남편은 저를 보러 시골에서 광주로 올라왔어요."

"임신?"

전단지 내용에는 없는 임신이란 말에 퍼뜩 스쳐지나가는 장면이 있었다. 그 당시 5월 18일 오후에 금남로에서 동료들의 개머리판에 쓰러진 남자가 아기용품을 가지고 있었다. 임신 중인 여자와 아기용품, 더군다나 그 남자는 전단지 속의 사진과 닮아있었다. 그렇다면 가능성이 있었다.

"여기 이 사람이… 그 사람인지 확실치는 않지만…."

내 말이 떨어지기가 무섭게 여자가 화들짝 놀라면서 나를 쳐다보았다. 떨리는 호흡이 느껴져 왔다. 나는 찬찬히 차근차근 내가 알고 있는 것들을 설명해줬다.

내 이야기가 계속되면서 여자의 표정은 두세 번 바뀌다가 결국은 절망에 머물렀다. 내 입에서 아기용품이라는 말이 나왔을 때는 기대를 보였다가, 폭행에 이르러서는 분노했고, 암매장에 가서는 절망했다. 그나마 암매장 장소라도 알았다는 것에 위안을 삼은 것인지 여자는 눈물을 흘리지 않았다.

나는 여자 옆에 더 앉아있기가 불안하고 불편해서 자리에서 일어나 마을로 들어갔다.

## 회상 2

검정고무신을 신은 아이의 집은 마을에서 200여 미터 떨어진 곳에 있었다. 나는 그 집으로 갔다. 대문은 열려있고, 40대 후반 쯤으로 보이는 남자가 마당에 접해있는 텃밭에서 풀을 뽑다가 대문 앞에 목발까지 짚고 서있는 범상치 않은 행색의 나를 발견하고는 허리를 펴고 물었다.

"나한테 볼일 있당가?"

"네. 잠깐 드릴 말씀이 있어서 찾아왔습니다."

그가 옷에 묻은 흙을 털면서 텃밭에서 나와 마루에 앉았다. 나는 주저하다가 그 옆으로 가서 앉았다. 내입에서 5.18이 나오자 그가 체념한 말투로 이야기를 시작했다.

"세월이 지났는디도 그때 일만 생각허믄 오장이 뒤집혀 죽것당게. 몇 년을 눈물로 지냈건만 소용읎서. 지금도 그때 말만 나오믄 분통이 터져 환장허제. 긍께 그날이…5월 24일 이었제. 애가 국민핵교 4학년이었어. 빨갱이가 광주에 침투해 난리가 났다며 그 오살놈이 핵교도 안가고 동생허고 싸움질이나 하길래, 내가 머시라고 함께 휭하고 나가더만 공수부댄지 뭔지 그놈들이 총을 쏴서 죽어번졌어. 나중에… 죽어븐지 1년 만에, 골짜기에 암매장된 애를 찾아서 리어카로 실어다가 망월동에 묻어줬구먼. 애펜내도 아들따라 간다고 술만 퍼마시다가…3년 전에 뒷산 벼랑에서 뛰어내려 애 곁으로 가번졌어."

무거운 침묵이 흘렀다. 나는 숨소리조차 낼 수가 없었다. 당장 무릎이라도 꿇고 용서를 빌어야 하는데 용기가 나지 않았다. 지금이라도 뛰쳐나가버릴까, 나만 침묵한다면 아무도 모르는 일인데, 지나가는 길에 들렸다고 말하고 일어날까, 하는 갈등을 하고 있었다. 내가 아무 말도 안 하자 그가 나를 한번 쳐다보고는 다시 말을 이어갔다.

"지금도 이해할 수가 없당게. 나라 지키는 군인이 멋땀새 광주에 와서 죄 없는 사람에게 총질을 했는지… 내 애새끼가 왜 총맞아 죽어브렀는지… 지금꺼지도 자세허게 설명해준 놈이 없어. 내 죽기 전에 총쏘라고 시킨 그 육실헐 놈을 찾아내야쓰것는디… 총 쏜 놈은 있는디, 시킨 놈은 업당께."

다시 무거운 침묵이 흘렀다. 슬픔과 분노가 뒤섞인 그의 표정에 나는 더 움츠러들었다. 그때 뒷산에서 꿩 우는 소리가 정적을 깨뜨려주면서 그나마 내가 말할 수 있는 틈을 만들어줬다. 이때 안 하면 더는 할 수 없을 것 같았다.

"전 그 당시에 공수부대에서 군 복무를 했습니다."

"뭐여? 공수부대라고야?"

공수부대라는 말에 그가 놀랐는지 나를 쳐다보았다. 그 눈빛만으로도 가슴이 철렁하며 위축이 됐지만 여기서 포기할 수는 없었다.

"그날, 5월 18일에 우리는 광주에 침투한 불순분자들을 진압하라는 명령을 받고 출동을 했고, 금남로를 거쳐 여기 이 마을 뒷산에 주둔해 있었습니다. 그날이 아마…5월 24일이었을 겁니다. 우리는 그곳에서 철수하면서 그곳에 주둔하고 있던 다른 부대와 총격전이 일어났습니다. 나중에서야 알았지만… 서로, 시민군으로 오인해서 일어난 총격전이었습니다. 그 혼란스런 상황 속에서… 저는 사방을 향해 총격을 가했습니다. 그때 총소리에 놀라 도망가던 아이가 총을 맞고 쓰러졌습니다. 벗겨진 검정고무신을 집어 들다가 제 총을 맞고 쓰러졌습니다."

묵묵히 듣고 있던 그가 벗겨진 검정고무신이란 말에 얼굴이 처절하게 일그러지면서 나를 노려봤다. 당장에라도 마루 한쪽에 놓여있는 날이 시퍼런 낫을 들고 내 목을 내리 칠 것만 같았다. 나는 무릎을 꿇었다.

"애였어요. 제가 실수로 아이를 죽인 겁니다."

그는 얼마나 큰 충격을 받았는지 눈 주변이 파도가 치듯 파르르 떨렸고, 입에서는 "꺼~억"하는 신음이 섞인 비명이 흘러나왔다. 13년 세월동안 쌓아온 아버지의 한을 마주하고서야 나는 그 한의 크기를 깨닫고, 그 크기를 내가 도저히 감당할 수가 없었다. 나는 머리를 땅에 박고 용서를 빌었다.

"죽을죄를 지었습니다. 아드님을 죽인 건 바로 접니다. 제 총을 맞고 죽었습니다."

나는 통곡을 하고 있었다. 그는 입을 굳게 다물고 먼 산을 초점 없이 바라보다가 한참 만에 입을 열었다.

"되돌릴 수 없는 일이제."

그는 그 한마디를 남기고는 무거운 걸음으로 대문 밖으로 나가버렸다. 내 통곡소리가 빈 마당을 채우고 있었다.

## 27

이제는 이해할 것 같았다. 엄마가 왜 일기를 이정우라는 사내에게 읽어주라고 했는지. 그가 엄마의 삶에 개입돼 있는 것만은 분명했다.

근데 이상하게도 엄마의 일기는 며칠간이 빠져있었다. 이정우가 엄마에게 암매장 장소를 알려줬던 그날부터 아빠가 영광 할아버지 곁에 묻힐 때까지는 공백이었다. 엄마의 삶에 가장 중요했을 그 날들이 왜 일기장에는 없을까, 이제부터는 내가 그 빠져있는 기간에 일어났던 엄마의 일들을 얘기해야겠다.

**회상**

초등학교 6학년 때였다. 5월 어느 날, 수업시간에 할머니가 교실로 찾아왔다. 빨리 광주로 올라오라는 엄마의 연락이 왔다고 했다. 나는 조퇴를 하고 할머니랑 같이 광주행 급행버스를 탔다.

나는 집에 있겠다고 했는데 같이 가야된다고 야단을 쳐서 따라 나섰다. 올라가는 동안 할머니는 말이 없었다. 표정도 심상치 않았다. 광주에서 무슨 일이 벌어졌는지 나한테는 말하지 않았다. 나도 물어보지 않았다. 내 나름대로 짐작하고 있었으니까. 내가 광주에 꼭 가야하는 일은 하나밖에 없었다. 그것은 아빠와 관련된 일이었다.

저녁에 엄마 집에 도착했다. 오랜만에 나는 엄마를 만났는데 엄마는 내가 반갑지 않은 모양이었다. 나를 보고도 웃지 않았다. 기대하지 않았지만 기대하지 않는다고 상처를 받지 않는 것은 아니었다. 나는 방으로 들어가 침대 위에 누웠다. 얼마 안 있어서 할머니의 통곡소리가 들려왔다. 곧이어 엄마의 울음소리도 들려왔다. 그래도 나는 울지 않았다. 할머니와 엄마의 울음소리는 내가 잠이 들 때까지 계속 됐다.

다음 날 엄마가 승용차를 운전해서 어딘가로 가고 있었다. 할머니도 엄마도 말이 없었다. 어젯밤에 엄마와 할머니는 무슨 슬픈 일로 얼마나 울었는지 지금까지도 눈이 부어있었다. 그래도 그것은 내가 상관할 일도 궁금할 일도 못됐다. 나한테는 한 마디도 안했는데…. 뒷좌석에 앉아 차창으로 스쳐지나가는 바깥 풍경을 구경하는 일이 내게는 더 중요했다. 처음 가는 길이고, 영광에서는 볼 수 없는 건물들이 도로 양 옆으로 늘어서있어서 지루하지가 않았다.

1시간여를 달렸을까. 우리 고향 마을과 비슷한 마을에 도착했다. 엄마는 차를 마을 공터에 주차하고 마을 뒷산으로 올라갔다. 할머니 때문에 천천히 걸었다. 나는 그 뒤를 따라가며 소풍가는 기분이 아닌데도 학교에서 배운 노래를 흥얼흥얼 불렀다.

또 얼마쯤 갔을까. 바로 앞에 공룡 중에서도 가장 무서운 티라노사우루스가 입을 떡하니 벌리고 있는 형상의 굴이 나타났다. 사람들은 귀신굴이라고 해서 일부러 이곳에 오지 않는다고 했다. 굴 안을 잠깐만 쳐다봐도 안이 어두워서 아무것도 보이지 않아 더 으스스했다. 나 혼자 왔더라면 무서워서 도망갔을 것이다. 10여명의 인부들이 불을 밝히고 굴 안에서 땅을 파고 있었다. 엄마와 할머니는 그 옆에서 지켜봤다.

나는 귀신을 무서워했다. 영광 집에서 밤에 대문 옆에 있는 화장실이라도 갈라치면 꼭 할머니를 깨워서 같이 갔다. 지금도 그랬다. 혹시 굴에서 귀신이 은밀하게 나와 나를 잡아가지 않을까 해서 멀리가지 못하고 그 근처에서 놀았다. 태어날 때부터 혼자 노는데 익숙해져 있어서 나 혼자 돌아다녀도 아무렇지도 않았다.

그 주변에는 밤나무만큼 키 큰 아카시아 나무가 무리지어 있었다. 새하얀 꽃이 포도송이 같이 주렁주렁 매달려 있는 아카시아 나무 밑에서 꽃 한 송이를 따서 입에 넣었다. 그냥 먹는 상추하고는 달랐다. 꽃이 터지면서 단맛이 났다. 작년인가. 할머니가 아카시아 꽃으로 전을 부쳤는데 꽃이 파삭파삭해서 과자처럼 먹었었다. 그 맛하고도 달랐다. 아카시아 꽃이 대단하게 보였다. 그런데 그 꽃은 향기도 유별났다. 바람이 살랑살랑 불때마다 꽃송이가 흔들어 하얀 가루를 뿌려대듯 향기가 진하게 코끝을 자극했다. 나는 어느새 라디오에서 하루에도 몇 번씩 흘러나와 익숙해진 껌 광고 노래를 흥얼거렸다.

"아름다운 아가씨~ 어찌 그리 예쁜가요. 아가씨~ 그윽한 그 향기는 무언가요."

그때 갑자기 통곡소리가 들려왔다. 할머니의 울음 소리였다. 나는 굴에서 산다는 귀신이 나왔다고 생각하고 굴 쪽으로 달려갔다. 그런데 귀신은 없고 모포위에 유골과 옷가지가 가지런히 놓였고, 그 앞에서 할머니가 오열하고 있었다. 엄마는 앉아서 옷가지를 꼼꼼히 살피고, 주민증을 몇 번이나 확인하고, 마지막으로 유골 옆의 반지를 집어 들더니 반지에 묻은 흙을 닦아낸 후 제 색깔을 내고 있는 반지를 한참 바라보고 나서야 결국 흐느끼기 시작했다. 할머니가 우두커니 서있는 나를 보더니 말했다.

"아빠다."

나는 태어나서 처음으로 아빠를 보았다. 근데 아빠는 없고 흙이 묻은 옷가지와 유골과 주민증이 전부였다. 인부들이 손전등을 비출 때마다 유난히 빛을 발하는 아빠의 반지만이 엄마 아빠가 결혼하면서 엄마가 아빠의 손가락에 끼워줬을 때의 그 모양

그대로 간직하고 있었다. 그러나 나는 슬프지가 않았다. 그 앞에서 눈물도 흘리지 않고 서있었다.

오월 단체들은 아빠를 망월동묘지에 모시자고 했다. 그러나 엄마는 영광 선산의 할아버지 곁을 고집했다. 엄마가 죽으면 아빠 곁으로 가야하는데 망월동묘지는 그것이 어렵다는 이유에서였다. 결국 아빠는 엄마의 원대로 할아버지 곁에 묻혔다. 잔디가 이불처럼 덮여있는 무덤이 따뜻하게 보였다.

"아빠는 이제부터 편안한 잠을 자겠지."

아빠의 장례식이 끝나고 엄마는 몸져누웠다. 1주일 동안 영광 집에서 끙끙 앓았다. 그리고 일어났다. 나는 엄마가 비로소 아빠의 죽음을 현실로 받아들였다고 생각했다.

엄마는 광주로 떠나기 전에 나한테 같이 가자고 했다. 나는 싫다고 했다. 할머니와 같이 여기서 살겠다고 했다. 엄마는 더 생각해보고 결정하자며 혼자 광주로 올라갔다.

## 28

나는 엄마의 일기장에 빠져있는 아빠 장례식 전후의 기간에 일어났던 엄마의 일들을 내가 대신 채워 넣었다. 그랬더니 일기에서조차 두 사람은 엄마와 딸로 서로 대립하고 있었다. 나한테 엄마는 나쁜 엄마였고, 엄마에게 나는 야멸찬 딸이었다. 누구라도 내가 쓴 일기만 보면 나는 엄마의 딸이 아니었다.

이제 다시 엄마의 일기장을 읽을 차례다.

**일기**

나는 광주로 돌아왔다. 현관문을 들어설 때부터 나는 알고 있었다. 방은 텅 비어있었다. 혼자 살아서, 남편하고 같이 살 때도 주말부부라서 원래 방은 텅 비어있었음에도 그 텅 빈 방안에서 나는 마음 둘 곳을 찾지 못해 안절부절 했다.

그냥 벽에 기대고 앉아있었다. 창문이 어두워지고, 창문이 밝아올 때까지 나는 그대로 앉아있었다. 그 시간 동안 빈방은 침묵으로 켜켜이 채워졌다. 그대로 내가 계속 앉아있으면 배가 침몰하여 다다르는 심해의 끝에서 소리도 없고 어둠만 있는 그곳에서 결국 나는 발견될 것이었다.

"나보다 더 나를 사랑했던 사람인데 나의 이런 모습을 그가 원할까."

절대 아닐 것이다. 내가 이러면, 내가 그의 바람과 정반대로 생각하고 정반대로 살면 그는 나로 인해 저 세상에서도 편치 못할 것이다. 이제부터라도 아무 일도 없었던 것처럼 웃고 또 웃으면서 소란스럽게 떠들어서 내가 이렇게 잘 살고 있다는 것이 그에게 고스란히 전달될 수 있도록 씩씩해지기로 했다.

나는 벌떡 일어나 부산하게 움직였다. 청소를 하고, 빨래를 하고, 옷장을 정리하고, 책꽂이에 꽂혀있는 500여권의 책들을 전부 끄집어내서 종류별로 분류해 다시 꽂고, 일부러 외출해서 꽃을 사다가 속이 보이는 꽃병에 넣어 탁자위에 놓았다. 그리고 내가 아껴두었던, 지금까지 한 번도 사용하지 않은 커피 잔으로 커피를 마셨다. 그러고 보니 오늘 내가 처음으로 의자에 앉는 것이었다. 그제야 내가 사온 꽃이 눈에 들어왔다. 국화꽃이었다. 그는 떠났는데, 그가 좋아한 국화꽃은 내 곁에 있었다.

그동안에 5.18의 주범인 그 사람과 그 사람의 바통을 물려받은, 자칭 보통사람이라는 그 사람을 거쳐 문민정부가 들어섰다.

198

그러나 아직 갈 길이 멀었다. 시민단체들이 5.18책임자 처벌을 요구하며 집회와 시위를 꾸준히 하고 있었지만 발포 명령자를 "저놈이다!"라고 분명하게 지명하여 심판대에 세우지는 못했다. 아직도 5.18은 계속되고 있었다.

나는 내가 휴직했던 재단의 학교로 돌아갔다. 첫날, 교문을 들어서는데 내가 영광고등학교에 입학해서 처음 등교하는, 하얀 칼라의 교복을 입은 갈래머리 여고생으로 돌아갔다. 학교풍경은 30여 년이 흘렀어도 그대로였다. 그런데 나는 벌써 40대의 아줌마가 됐다. 너무 아픈 이별을 하고나니 나는 아주 멀리 와 있었다.

나는 여자고등학교 1학년 담임을 맡았다. 전부 내 딸 같은 여학생들을 날마다 보는데 정착 내 딸은 주말에만 만났다. 그 애는 나를 미워했다. 진작부터 그 애는, 엄마가 밖으로만 나돌아서 혼자가 됐다는 것을 느낄 때부터 나를 미워했지만 나는 그 애의 초등학교 입학식 날 그 애의 표정을 보고서야 그 사실을 알았다. 다 내 잘못이다. 늘 미안하고, 그래서 맺힌 것들을 풀어주려고 나름 시도도 했지만 나는 그런 재주가 없어선지 그때마다 성공하지 못했다. 그 애에게는 내가 풀어낼 수 없는 더 큰 문제가 있었다. 그것은 5.18이었다.

"그니까 엄만 왜 하필이면 그날 날 낳았냐고, 그날 5.18에!"

그렇게 쏘아붙이고, 내 앞에서 일부러 문을 쾅 닫고 나가버리

는 그 애를 볼 때는 가슴이 너무 아팠다. 날마다 "5.18, 5.18"하면
서 밖으로 돌아다니는 내가 얼마나 미웠을까. 시간을 만들어서
라도 그 애 곁에 있어줘야 했는데 그것은 남편과의 약속을 지키
기 전까지는 불가능에 가까운 과제였다. 이제 13년 만에 남편을
집으로 데려왔으니 그 애한테도 말을 해주고 싶었다. 그래서 편
지를 썼다.


　내 딸 지혜야, 엄마가 네게 할 말이 있어. 네가 엄마를 이해해
달라고 이런 말을 하는 건 아니야. 이제는 너도 알아야 할 때라
서 말하는 거란다.
　엄마는 네 아빠와 약속을 했단다. 네가 태어나기 전에 말이야.
그날은 할아버지가 돌아가시고 나서 며칠 후였지. 아빠가 경찰
에 쫓기면서 엄마 아빠는 연락하는 것조차 쉽지 않았어. 어렵게
길거리에서 만나 걸어가는데 아빠가 그러더라.
　"약속해줄 수 있지? 내가 사라지면 나를 꼭 찾아주기로."
　"사라지다니?"
　엄마는 너무 놀라서 걸음을 멈추고 네 아빠의 얼굴을 바라보
았어. 그냥 하는 소리가 아니었어. 엄마는 무서웠다. 고문으로
돌아가신 네 할아버지가 생각나서 정말 무서웠어. 그러면서도
설마 그런 일이 또 일어날까, 하면서 아빠와 약속을 했어.
　"오빠, 걱정 마요. 약속할게요. 절대 오빠 혼자 놔두지는 않을

거예요."

　그 후 아빠는 1980년 5월 18일에 행방불명이 됐어. 그때부터 엄마는 오직 네 아빠와 했던 그 약속을 지키기 위해서 살아왔단다. 엄마는 그 약속을 지키지 않고는 이 세상을 살아갈 이유도, 버텨낼 용기도 없었어. 13년 만에 엄마는 아빠와의 약속을 지켰어. 엄마가 네 아빠를 집으로 모셔왔잖아. 근데, 그 동안에 너는 엄마에게서 너무 멀리 달아나 있더구나. 내 딸 지혜야, 미안하고, 잘 커줘서 고맙구나.

　그러나 나는 그 편지를 딸애에게 보내지 못했다. 아니 잊어버렸다. 나중에는 편지를 썼다는 사실조차 잊어버렸다.

## 29

엄마가 나에게 쓴 편지를 읽으면서 가슴이 먹먹했다. 이 일기장을 읽기 시작한 이후로 이런 감정은 처음이었다. 나는 엄마에 대해 모르는 것이 너무 많았다. 내가 야멸차게 외면만하다보니 엄마의 나에 대한 따뜻한 마음을 볼 수 없었다. 자고 있을 때 살며시 문을 열고 들어오기도 하고 혼자 놀고 있는 나를 쳐다보는 일이 많았었는데, 아예 나는 눈을 감고 있었다. 내가 조금만 다가갔어도 보일 수 있는 것들이었다.

"근데, 왜 엄마는 편지 부치는 걸 잊어버렸을까?"

**일기**

그동안 내 건강은 아주 나빠져 있었다. 조금만 걸어도 숨이 차고 어지럽고, 아침저녁으로 머리가 아팠다. 건강을 회복하기 위해서는 운동이 필요했다. 나는 출근하기 전에 조깅을 했다. 내가 살고 있는 집이 학교 근처라서 날마다 학교까지 달려갔다가 운동장을 한 바퀴 돌고 집으로 뛰어왔다. 나는 하루에 2번 학교에 가는 셈이었다. 출근할 때는 천천히 걸어서 갔다.

요즘 나한테 생긴 문제는 건망증이 더 심해졌다는 것이다. 수도꼭지 잠그는 것, TV를 켜놓은 채로 출근 하는 것, 집 열쇠를 못 찾는 것 등등 깜박 깜박 하는 횟수가 많아지고 있었다. 며칠 전에는 이런 일도 있었다. 가방을 집에 두고 출근해서도 모르고 있다가 수업을 들어가서야 내 손에 가방이 없다는 것을 알았었다. 내가 정말 왜 이러지 하면서도 중년이면 누구나 가지고 있는 건망증 정도로 넘겼다. 그런데 어제는 더 심했다. 평소처럼, 그날 아침도 일찍 일어나 조깅을 했다. 학교 교문으로 들어가 운동장을 한 바퀴 돌고나서 교문을 나가려는데 갑자기 방향감각이 없어졌다.

"어? 여기가 어디지? 내가 지금 어디에 있지?"

순간적이었지만 나는 당황했었다. 뛰지 않고 걸어서 집으로 가면서 내가 이러는 이유들을 찾아봤다.

"나도 모르는 병이 생긴 걸까? 건망증인가? 아니면 우울증? 그것도 아니면 갱년기? 내 나이가 몇인데 벌써 갱년기야."

그날 오후 시내에서 일을 보고 돌아오는 길에 병원을 찾았다. 의사 앞에 앉는 일은 병의 경중에 상관없이 긴장되고 떨렸다. 나이에 비례해서 병도 많아지고, 병원을 찾는 햇수도 늘어나면서 건강에 대한 자신감이 줄어드는 건 어쩔 수가 없었다. 의사는 몇 가지 테스트를 했다. 10여개의 단어들을 말해주고, 화재를 돌려 다른 얘기를 하다가 다시 아까전의 그 단어들을 말해보라고 했다. 나는 6개밖에 맞추지 못했다. 의사는 일단 MRI를 찍어서 그 결과를 보고나서 얘기하자고 했다. 나는 의사 말대로 MRI를 찍고 병원을 나왔다.

내가 회원으로 활동하고 있는 어머니회로부터 연락이 왔다. 저수지에서 암매장된 회원의 아버지를 찾았고, 낼 망월동에서 장례식을 치른다고 했다.

## 30

요양원의 이정우는 그의 총에 죽은 아이의 아버지를 찾아가 사죄를 한 후로도 광주를 떠나지 못하고 그 주변을 서성이면서 방황하고 있었다. 사죄만 하면 마음이 편해질 줄 알았는데, 사죄만 하면 머릿속을 채우고 있는 광주의 악몽을 다 지워낼 수 있다고 생각했는데, 변한 것은 아무 것도 없었다. 벗어나는 길은 단하나였다. 그는 마지막 결정을 했다.

**회상**

잔뜩 흐린 날씨였다. 나는 택시를 잡아타고 망월동으로 갔다. 망월 삼거리를 지나면서부터 가슴이 떨려오고 두려움마저 느껴졌다. 입구에서 내려 망월묘역으로 들어갔다. 이유가 같은 수많은 무덤들이 눈에 들어왔다. 영령들이 나를 보고 "저기 학살자가 왔다!"라고 외칠 것만 같았다. 나는 그 자리에 서버렸다. 걸음이 떨어지지가 않았다.

그때 울음소리가 들려왔다. 100여 미터 떨어진 곳에서 입관식이 치러지고 있었다. 혹시 내가 암매장 장소를 알려줬던 그 여자 남편의 장례식이 아닐까 해서 그쪽을 주시했다. 그녀와 비슷하게 보이는 사람도 있었다.

나는 다시 무덤을 따라 안으로 들어가다가 어느 한 무덤 앞에 섰다. 묘비에 새겨져 있는 이름과 나이가 내가 찾는 그 아이의 것과 일치했다. 총격전이 벌어졌을 때 검정고무신을 집어 들다가 내 총을 맞고 죽은 아이였다. 나는 사죄했다. 아이의 아버지에게 했던 것과 똑같이 사죄했다.

나는 1시간여정도 그 묘 앞에 앉아 있었다. 마지막으로 결심을 굳혀가는 시간이었다. 더 이상 주저하지 않을 자신이 있었다. 나는 택시를 타고 오면서 봐둔 그곳으로 갔다. 밑에서 올려다만 봐도 아찔한 절벽이었다.

나는 그곳으로 올라가 그 끝에 서서 눈 가는 데까지 멀리 바라보았다. 그 너머에, 5.18 너머에 찬란한 내 순수가 나를 기다리고 있을 것 같았다. 국군의 날인 10월 1일에 시작한 내 삶의 여정이 1분도 안 되는 시간으로 축소돼 파노라마처럼 펼쳐졌다. 한 순간이었다. 내가 여기서 몸을 날리면 그건 추락이 아니라 비상이라고 나는 믿었다. 새처럼 비상하고 싶었다. 살아서는 돌아갈 수 없는 그 순수의 시절을 향해서.

## 31

일기를 읽다가 엄마의 건망증이 걱정이 돼서 잠깐 일기를 내려놓았다. 몸을 일으키면서 누워있는 이정우 쪽으로 고개를 돌렸는데, 너무 순간적이라서 착각했을 수도 있지만, 그의 얼굴표정에 미세한 떨림이 있었다. 어떻게 그 순간을 포착했는지는 모르겠다. 내가 너무 놀라서 자세를 고쳐 잡았을 때는 그에게, 그의 몸 어디에서도 더 이상 아무 일도 일어나지 않았다. 그뿐이었다. 그렇게 순식간에 끝나버렸다.

어제도 그의 몸이 움직여서 놀랐는데, 나는 이정우의 얼굴을 한참 바라본 후에야 엄마의 일기를 다시 읽기 시작했다.

**일기**

망월묘소였다. 입관을 하는 데 100여 미터 떨어진 곳에서 목발을 짚은 남자가 이쪽을 바라보고 있었다. 그 서있는 폼이 공수

부대 이정우 같았다. 1시간여 후에 다시 그 쪽을 바라보았을 때
는 그는 사라지고 없었다.

장례식이 끝나고, 장례버스를 타고 망월묘소를 빠져나가 도로
로 접어드는데 그 바로 앞 도로변에 누가 쓰러져있었다. 운전사
가 먼저 발견해서 버스를 세웠다. 제일 앞좌석에 앉아있던 유가
족이 비명을 질렀다. 사람들이 무슨 일인가 하고 하나 둘 버스에
서 내렸다. 나는 중간에 앉아있어서 사람들의 비명소리가 있기
전까지는 무슨 일이 벌어지고 있는지 전혀 알지 못했다.

나도 따라 내렸다. 버스 앞 길옆으로 웬 남자가 피를 흘리며
쓰러져있었다. 고개를 들어 위를 올려다보았다. 절벽이었다. 그
남자 다리 옆에 부서진 채로 걸쳐있는 목발을 보고 나는 그가
누군지 알았다. 이정우였다. 공수부대 그 군인. 그가 저 절벽위
에서 몸을 던졌으리라. 나는 재빨리 그에게 다가가 살펴보았다.
아직 숨이 남아있었다. 누군가가 연락을 했는지 쁘아~ 쁘아~
소리가 점점 더 가깝게 들려오더니 금방 119구급차가 우리 앞
에 도착했다. 구급요원들이 신속하게 그를 구급차에 실었다. 그
의 보호자로 누군가는 따라가야 했다. 내가 자청해서 구급차를
탔다.

병원에 도착해서 그는 응급실로 직행했다. 나는 창구로 가서
그의 입원수속을 했다. 그때 간호사가 물었다.

"환자의 보호자세요?"

내가 대답을 못하고 우물주물하자 간호사가 다시 물었다.

"환자와 어떻게 되세요? 가족이세요?"

그제야 "네"라고 대답하면서 나는 그의 가족이 되었고, 간호사가 내민 수술동의서에 서명을 했다. 7시간 넘게 수술이 계속됐다. 나는 병원 휴게실과 수술실 복도를 오가며 이런 저런 생각을 하면서 수술이 끝나기를 기다렸다.

"이정우 그는 왜 이런 극단적인 자살을 선택할 수밖에 없었을까? 그는 망월동으로 가서 그의 방식으로 사죄를 한 건가?"

나는 10시간이 넘어서야 의사와 얘기할 수 있었다. 50대의 의사는 친절하게 그의 상태에 대해 의학 용어까지 써가며 자세하게 설명해줬다. 그러나 내 머릿속에 입력된 것은 딱 두 문장이었다.

"코마상태에 빠졌습니다. 그가 다시 깨어난다면 그건 기적입니다."

"기적이요?"

그 기적이라는 의사의 말에 아주 순간이었지만, 나는 내 첫사랑 시절로 돌아갔다. 내가 전남대학교에 합격을 하자 내 친구들이 "그건 기적이야"라고 의사와 똑같은 말을 했었으니까.

"기적!? 그래, 내가 그 기적을 만들어 냈어. 나에게 일어난 기적이 이정우에게는 불가능할까?"

충동적인 결정만은 아니었다. 기적이라는 의사의 말에 나는 그를 돌보기로 결심했다. 이번에도 내가 그 기적을 만들어보고 싶었다. 현재로는 그의 부모가 누군지는 알고 싶지 않았다. 물론 아직까지 그를 찾아오는 사람은 없다. 그가 오랫동안 혼자 방황 했다면 그의 가족과는 이미 단절돼있을 것이다. 기적이 정말 일어나 그가 깨어난다면 그때 가족을 찾아도 늦지 않았다.

한 달 후에 그의 수술부위가 아물면서 나는 그를 내가 그동안에 알아봐두었던 요양원으로 옮겼다. 공기가 좋은 산 밑에 위치해 있어서 그가 깨어나는 기적을 만들어내는 데는 최적의 장소라고 생각했다. 2층에 있는 그의 방은 침대에 누워서도 바깥풍경을 그대로 바라볼 수 있었다.

그날부터 나는 새로운 일을 시작했다. 1주일에 한 두 번씩은 꼭 그에게 들려 대화를 시도하고, 내가 읽고 싶었던 책을 가지고 가서 침대 옆에 놓여있는 의자에 앉아서 읽어줬다. 그는 처음에 눕혔던 그 자세 그대로 누워있지만, 나는 그가 내 말을 알아듣고 반응을 한다고 믿었다.

"내 이름 아직 모르죠? 이서연이에요."

"중학교 다니는 내 딸아이가 하나 있는데, 참 고민이 많아요. 저를 나쁜 엄마라고 생각하거든요. 어떻게 하면 좋을까요?"

어떤 때는 화투까지 가지고가서 침대 그의 머리맡에 자리를 만들어 그와 화투를 치기도 했다. 그는 나보다 나이가 어리지만 나는 그를 아저씨라고 불렀다.

"이번에도 못 먹으면 난 청단이어요. 아저씨가 나한테 30점을 주세요. 아저씬 절대로 나를 못 이길걸. 아저씬 화투에는 소질이 없나 봐요. 운이 없다고요? 그래도 그렇지, 어떻게 맨 날 나한테 저요. 나 이러다 타짜가 되면 어떡하지."

요양원에 오가면서 나는 의사와 약속했던 그 날짜를 잊고 있었다. 그것도 내가 깜빡깜빡하는 건망증이었을까, 2주일이 더 지나서 그 의사한테서 온 전화가 아니었으면 나는 몇 달이고 몰랐을 것이다. 의사는 보호자와 함께 꼭 병원을 방문하라고 했다.

"보호자?"

나는 그 보호자란 말에 더 불안해졌다.

"어떻게 하지? 보호자는 영광에 계시는 어머니인데…"

의사의 전화를 받은 그날 밤에 나는 잠을 이룰 수가 없었다. 보호자란 단어에 머릿속이 복잡해지면서 불길한 생각만으로 밤을 새웠다.

"내가 죽을병에 걸린 게 분명해. 암이라면 적어도 말기일거야. 그러니까 의사가 보호자를 데리고 오라 하겠지. 내가 미성년자도 아닌데…"

그러고 보니 어제 학교 모임에서도 이상했다. 수업이 끝나고 학교 앞 중국집에서 선생님들 회식이 있었는데 내가 말도 안 되는 실수를 했다. 음식을 주문하는데, 내가 좋아하는 해물짬뽕의 이름이 생각이 안나 결국 자장면을 먹었고, 갑자기 머리가 멍해지면서 늦게 도착한 수학 선생님에게 누구시냐고 물었었다. 다들 내가 일부러 농담하는 줄 알고 웃어 넘겼지만 나는 심각해졌었다.

다음 날, 나는 오전 수업만 하고 보호자 없이 혼자 병원으로 갔다. 그의 입에서 어떤 병명이 나올까 잔뜩 긴장하고 있는 나에게 의사는 내 개인사에 대해 여러 가지를 물어봤다. 다소 안심이 돼서, 나는 내 지난 삶을, 특히 5.18당시 내가 겪었던 일들에 대해 비교적 자세하게 이야기해줬다. 그는 내 말을 다 듣고 나서는 나의 뇌를 찍은 MRI사진을 정상적인 뇌의 사진과 비교해서 설명했다. 내가 보기에 두 개의 사진은 별 차이가 없는데…. 그러나 그 사진은 내가 환자라는 걸 진단하고 있었다.

"일시적인 기억장애가 아닙니다. 지금 선생님은 알츠하이머가 진행 중에 있습니다. 집안 내력보다는 아무래도 5.18의 충격이 그 원인인 것 같습니다. 선생님은 오랫동안 광주에서 벌어졌던 그 잔혹한 사건들을 기억에서 지우려고 무척 애를 썼을 겁니다. 거기에다 남편을 찾아야 된다는 엄청난 중압감이 작용을 했고요."

그의 친절한 설명이 그 뒤로도 한참 이어졌다. 결론은 내가 알츠하이머 환자라는 것과 그 병은 늦출 수는 있지만 막을 수는 없다는 것이었다.

"꾸준히 운동을 하고, 머리를 쓰는 놀이를 하세요. 이럴 테면

퍼즐을 맞춘다던지, 화투를 친다든지, 강이나 산의 이름을 외운다던지…."

그가 진행속도를 늦추는 방법에 대해 설명했으나 내 귀에는 들어오지 않았다.

"막을 수 있는 방법이 없다는데…."

나는 멍하게 망연자실한 채로 앉아 있다가 나왔다. 의사의 진단을 인정할 수가 없었다. 아직은 젊은 나이고, 생리도 주기적으로 하고 있는데 오진이기를 바라는 마음이 더 컸다. 이제부터라도 정신 똑바로 차리자며 생활에 자극을 주는데도 나의 증상은 하루가 다르게 더 심해져 갔다. 친한 사람의 이름을 잊어버리고, 부엌에서 날마다 사용하는 주방용품의 이름을 잊어버리고, 요리하는 순서를 잊어버리고, 냄비까지 태우면서 결국 나는 그 병을 받아들일 수밖에 없었다.

나는 영광에 있는 어머니한테 전화해서 광주로 올라오시라고 했다. 어머니는 또 무슨 급한 일이 생겼나 해서 그 다음 날 부리나케 직행버스를 탔다. 퇴근하고, 저녁을 먹는 둥 마는 둥 한 후에야 나는 어렵게 이야기를 꺼냈다. 어머니도 아직 기억력이 쌩쌩한데, 젊은 것이 벌써 알츠하이머라니, 어머니 앞에서 쉽게 입이 떨어지지가 않았다.

"어머니, 저 문제가 있어요. 어제 병원에 갔다 왔는데, 제가 서서히 기억을 잃어가는 병에 걸렸데요."

나는 알츠하이머란 단어를 쏙 빼고 말했다. 그런데 어머니는 이미 기억이란 단어만 가지고도 알아차렸다. 노인이면 다 치매가 당신들의 문제라서 평소에도 어머니는 관심이 많았던 탓에 더 이상의 설명이 필요 없었다.

"긍께, 니가 치매에 걸려부렀당거 아녀. 워매~ 이 무슨 마른 하늘에 날벼락이당가."

어머니는 벌써 큰 소리로 울었다. 남편 찾는다고 지금까지 고생이란 고생은 다했는데 살만하니까 치매라니, 며느리가 불쌍하다며 통곡했다.

나는 처음으로 어머니가 돌아가신 친정엄마같이 느껴졌다. 그날 밤은 어머니와 같이 자면서 많은 이야기를 했다.

# 32

이제 알 것 같았다. 지금 생각해보니까, 내가 고등학교에 입학하면서부터 그런 징후가 있었던 것 같았다. 엄마가 영광에 내려올 때마다 그랬다. 날짜를 반복해서 묻기도 하고, 가방을 어디에 뒀는지 몰라 찾다가 버스를 놓치기도 했었다. 아빠 제사 때는 더 심했었다. 제사를 지네고 나서 늦은 시간에 다 같이 밥을 먹는데 엄마가 나를 보고 뜬금없이 물었다.

"니가 지혜 친구니?"

"엄마! 정말 나한테 왜 그러는데?! 내 엄마 맞아?!"

그때 나는 엄마를 심하게 오해했었다. 나한테 얼마나 관심이 없으면 그런 말을 다 할까, 해서 엄마를 노려보다가 밖으로 나가버렸었다. 근데 짧은 순간이었지만, 엄마는 진짜 나를 잊어버린 것이었다.

내가 고2 때, 개학하고 얼마 안 있어서 할머니는 엄마의 급한 연락을 받고 광주로 올라갔다. 그리고 그대로 엄마 집에 머물렀다. 그때 나한테는 엄마 집에서 같이 살자고 한마디도 안한 엄마가 그렇게 미울 수가 없었다.

**일기**

우리는 한 이불을 덮고 누웠다. 어머니는 더 이상 울지 않았다. 나는 어머니와 얼굴을 마주하고 이런저런 일들에 대해 얘기했다. 나는 무엇보다도 지혜가 걱정이 됐다. 내년이면 대학에 가야하는데 내 병이 애 공부를 방해해서는 안 된다고 생각했다.

"어머니, 지혜한테는 비밀로 해야겠죠?"

어머니도 그게 좋겠다고 했고, 우리는 애가 졸업할 때까지는 비밀로 하기로 했다. 사실 아빠 없이 혼자 커서 저야 마음고생이 얼마나 심했을까만, 큰 탈 없이 자라준 애한테는 미안하고 고마웠다. 이제부터라도 내가 잘해주고 싶었는데 너무 늦어버려 안타까웠다.

우선은 내 기억을 붙잡는데 도움이 되는 것들은 다해보기로 했다. 혼자 있을 때는 퍼즐을 맞추고, 시를 외우고, 숫자를 역순으로 세고, 밤에는 어머니와 같이 화투를 쳤다. 그러면서 나는 서서히 알츠하이머를 내 병으로 받아들였다. 그렇게 인정하고 나니까 여러 가지 내가 앞으로 준비해야할 일들이 보였다.

더 늦기 전에 나는 일기를 쓰기로 했다. 내 기억이 사라지면 내가 사라지는 것이다. 그러기 전에 나를 내 딸에게 남겨두고 싶었다. 그 애도 엄마에 대한 추억이 없을 것이다. 내가 아무것도 안하고 어느 날 갑자기 기억을 잃어버리면 내가 딸애한테서도 사라지는 것이다. 그러기 전에 지금 내가 기억하고 있는 모든 것들을 일기로라도 남겨놓기로 했다. 그것이 그나마 훗날에 딸애가 나를 이해하고 나에게 다가오는 유일한 길이니까.

더 늦기 전에, 나는 이정우를 다른 요양원으로 옮기기로 했다. 쾌적하고 시설 좋은, 전문가들에 의해 체계적으로 케어 받을 수 있는 그런 요양원을 찾았다. 경기도 고양시에 그 조건에 맞는 요양원이 있었다. 나는 이정우를 그쪽으로 옮겼다. 나중에 내가 발견된다면 그 요양원일 것이다.

그리고 며칠 후에 나는 이정우를 만나러 갔다. 그는 광주에서 경기도로 옮겨졌는데도 아무것도 모르고 잠만 자고 있었다.

"아저씨, 나 왔어요. 아저씨한테 꼭 해줘야 할 말이 있어서 왔어요. 오늘이 아저씨를 찾아오는 마지막 날일 수도 있거든요. 나는 아저씨 용서했어요. 꼭 일어나세요."

그는 말이 없었다. 표정도 없었다. 언제나처럼 그대로 누워있었다. 나는 가방에서 시집을 꺼냈다. 기형도 시집이었다. 내 기억이 사라지면서부터 나는 기형도의 시를 좋아하게 됐다. 아마 그의 시에서 내 심정을 읽을 수 있어서 인지도 모르겠다. 나는 시 한편을 그에게 읽어줬다.

열무 삼십 단을 이고 시장에 간 우리 엄마

안 오시네, 해는 시든지 오래

나는 찬밥처럼 방에 담겨

아무리 천천히 숙제를 해도

엄마 안 오시네, 배추 잎 같은 발소리 타박타박

안 들리네, 어둡고 무서워

금간 창틈으로 고요히 빗소리

빈방에 혼자 엎드려 훌짝거리던


아주 먼 옛날

지금도 내 눈시울을 뜨겁게 하는

그 시절, 내 유년의 윗목


읽고 나니 내가 눈물이 났다. 그를 위한 시였는데, 나를 위한 시가 돼버렸다. 나도 한 아이의 엄마였다. 빈방에서 나를 기다렸을 내 딸아이처럼, 그도 군에 입대하고 나서부터 지금까지 그가 깨어있든, 잠을 자든, 어디에 있든 엄마를 기다렸을 것이다. 나는 그의 얼굴을 보면서 엄마가 여기 누워있는 아들을 꼭 찾아내길 바랐다.

"아저씨, 내가 국방부에 알아보고 있어요. 아저씨 고향주소 알아내서 꼭 부모님한테 연락할게요."

나는 오후 늦게 요양원을 출발했다. 여산휴게소를 지나면서부터는 버스 안에서 바라보는 창밖은 어둠뿐이었다. 가끔 가로수 불빛에 반사된 차창으로 밖에서 또 다른 내가 버스 안의 나를 바라보고 있었다. 창밖의 내 얼굴이 창백하면서도 괴이하게 보였다. "너는 내가 아니고 누군가,"라는 의심도 창밖 스쳐지나가는 어둠에 묻히고, 결국은 그 어둠에 내가 최면이 걸려 내 몸이 그 속으로 빨려 들어가면서 내 두 눈이 감겨왔다.

"손님 일어나세요. 터미널에 도착했어요."

누군가가 소리를 지르며 나를 깨웠다. 나는 간신히 눈을 떴다. 내 앞에 어떤 남자가 서있었다. 운전사였다. 정신도 못 차렸는데 빨리 나가라며 재촉하는 바람에 당황하여 황급히 버스에서 내렸다. 근데 나는 아직 어둠에서 현실로 돌아오지 못했다. 버스에서 내리긴 했는데 내가 어디에 있는지, 내가 왜 여기에 있는지를 몰라서 어리둥절해 그 자리에 꼼짝 않고 그대로 서있었다. 30여분이 지나서 내 정신을 돌아오고 나서야 나는 택시를 타고 집으로 갈 수 있었다.

요양원에 갔다 온 후로는 내가 하루에 하는 실수도 가속도가 붙었다. 나는 그것을 줄이기 위해 방과 부엌 그리고 화장실에 내가 꼭 사용해야하는 물건에는 이름과 장소를 적은 쪽지를 붙여 놨다.

"옷은 옷장에."

"소금은 오븐 위에."

"그릇은 찬장 속에."

"밥은 전기밥솥으로."

"반찬은 냉장고에."


그러고 보니 내 집에 있는 모든 것들은 다 자기 이름을 가지고 있었다. 날마다 사용하면서도 그것들의 이름을 불러 주고 사용한 적은 없었다. 내가 깜빡 까먹었을 때나 기억해 내기위해 불러주는 정도였다.

내가 좋아하는 음식의 요리방법은 달력의 뒷면에 적어 냉장고 문에 붙여 놓았다. 아주 중요한 일이나 그날그날 내가 해야 할 일은 녹음을 했다. 그 녹음기를 머리맡에 두고 아침에 기상하면 제일먼저 그 녹음기부터 틀었다. 그러나 그렇게 준비하고 대비한다고 해서, 그리고 여러 장치를 여기저기 해놨다고 해서 실수가 줄어드는 건 아니었다. 그 만큼 더 빨리 기억을 잃어갔기 때문에.

거기에다, 나는 밤마다 잠을 잘 수 없었다. 병 자체가 불면증을 동반한 것도 있었으나 그보다는 내가 그 다음 날 아침에 깨어나는 것이 더 두려웠다. 내일은 내가 내 남편도 기억하지 못하면 어떻게 하나, 내 집에서 화장실도 못 찾으면 어떻게 하나, 내 집에서 내 집도 모르게 되면 어떻게 하나, 하는 두려움 때문이었다.

지금은 이렇더라도, 나중에는 내가 잠을 자는 지도 모르고 잠을 잘 것이다. 그러기 전에 나는 영원히 깨어나지 않는 잠을 자고 싶었다. 더 늦기 전에 나는 며칠 동안 매일 약국에서 수면제를 샀다.

이렇게 저렇게 내 나름대로는 기억을 붙잡기 위해, 내 남편과의 추억을 잊지 않기 위해 몸부림을 쳤다. 그러나 내 상태는 하루가 다르게 나빠져 갔다. 내 일부가 조금씩 떼어져나가고, 머릿속이 하얗게 비어져가는 느낌이 점점 강해졌다. 내가 지금까지 쌓아올린 모든 것들이 하나씩 하나씩 사라져갔다. 차라리, 제발 다른 병이었으면 이보다 덜 고통스러웠을 것이었다. 말기 암도 1%의 희망정도는 남겨두는데, 내가 희망 자체를 가질 수 없다는 사실에서 삶과 죽음을 가르는 이 게임은 처음부터 결과가 정해진 공정하지 못한 게임이었다.

나는 학교에 사표를 냈다. 이유를 몰라서 만류하는 교장선생님께는 사실대로 이야기했다. 그는 내가 남편 때문에 감당하기 힘든 세월을 살아왔다는 것을 알고 있었기에 내 손을 잡으며 진심으로 가슴아파했다.

그 다음날에는 이승호를 만났다. 그는 5.18 당시에 길을 가다가 계엄군한테 붙들려 개머리판으로 맞고 한쪽 눈을 잃었다. 지금은 연극인으로 연극을 통해 5.18공동체정신을 알리는 일을 하고 있다. 그와의 인연은 그 당시에 상무관에서 주검을 수습하던 그가 관 앞에 앉아 울고 있는 내게 다가와 "힘내세요"라고 위로하며 음료수를 건네면서 시작됐다. 그 후 5.18진상규명과 민주주의를 위해 함께 싸우면서 동지로 발전했다. 근데, 그때 힘내라는 그의 따뜻한 말 한마디가 내가 남편을 찾는데 정말 큰 힘이 돼주었다.

나는 이승호에게 내가 알츠하이머에 걸렸다는 사실을 말해줬다. 그는 충격을 받은 듯 내 얼굴을 빤히 쳐다보았다. 그러다가, 힘내라는 말 대신에 내 손을 잡고 눈물을 흘렸다. 나는 그에게 내 딸을 부탁했다.

"이 선생님, 고등학교에 다니는 딸아이가 있어요. 아직 그 애한테는 비밀로 했어요. 그 애가 대학에 합격하면 그 때 알아도 늦지 않다고 생각해요. 그 애가 영화에 관심이 많아요. 영화배우 되는 게 그 애 꿈이라고 알고 있어요. 선생님도 연극하시잖아요. 나중에 그 애를 한 번 만나 주세요."

# 33

"이승호? 이틀 전에 만났던 그 사람?"

일기에서 엄마가 만났던 그 사람이 바로 연극 〈오월의 노래〉에서 나에게 참여를 제안했던 연극인 이승호였다. 이제 이해가 됐다. 이승호가 엄마의 부탁을 잊지 않고 나한테 전화를 했고, 의도적으로 〈오월의 노래〉에서 엄마 역을 내게 맡긴 것이다. 내가 엄마를 이해하는데 도움을 주기 위해서.

이틀 전에 내가 광주에 내려가서 그를 만났을 때 그가 나를 바라보며 울었던 이유를 이제야 알 것 같았다. 그는 나에게서 엄마를 떠올리고 엄마와 같이 했던 날들을 추억하면서 눈물을 흘렸던 것이다.

**일기**

이승호를 만난 그날 오후에 5월시민단체로부터 연락이 왔다.

이번에 YWCA강당에서 5.18정신과 민주주의란 주제로 세미나를 하는데 내가 발표자로 참여를 해달라는 것이었다. 나는 내게 물었다

"내가 할 수 있을까?"

내 지식이 사라져가고 있는데 내가 정말 강연을 할 수 있을까, 라는 회의가 앞섰다. 그런데도 그 제안을 받아들였던 것은 이번이 나의 마지막 강연이 될 것이기 때문이었다. 원고를 충실하게 준비한다면 가능하다고 생각했다. 그날부터 나는 퍼즐을 맞추듯 단어와 단어를 연결하여 문장을 만들고 문장과 문장을 배열하여 의미를 만들어갔다. 이렇게 하여 세미나 이틀 전까지 원고를 완성하였다.

이제는 남의 도움 없이는 외출이 불가능 했다. 나는 어머니와 같이 세미나 하루 전에 남편의 무덤을 찾아갔다. 남편 앞에서 꼭 하고 싶은 말이 있었는데, 준비해둔 말이 많았었는데, 단어가 떠오르지 않아 눈물만 펑펑 쏟으며 울었다.

"여보, 나도 금방 당신 곁으로 갈 거야. 그때까지만 기다려줘."

오후 늦게 집으로 돌아왔다. 나는 저녁도 먹지 않고 그대로 쓰러져 잠이 들었다. 오랜만의 깊은 잠이었다. 남편이 집에까지 따라와 나를 재워줬다고 믿었다.

다음 날, 나는 어머니와 같이 YWCA강당으로 갔다. 200여명의 사람들이 좌석을 매웠다. 거의가 시민운동을 하는 사람들이

었다. 군데군데 어머니회의 동료들도 보였다.

이승호가 사회를 봤다. 그가 마이크를 잡고 재치 있는 입담으로 분위기를 잡은 후에 행사취지에 대해 설명하고 박수를 유도하면서 나를 소개하였다. 나는 일어나 단상으로 올라갔다. 근데 내 손에는 원고가 없었다. 그제야 알아차렸다. 내가 원고를 집에 두고 왔다는 것을. 나는 당황했다. 어머니가 그런 나를 바라보며 나보다 더 당황했다. 나는 그대로 서 있다가 천천히 말을 시작했다.


"미안합니다.

원고를 며칠 동안 준비했는데 집에 두고 왔습니다.

집에 어디다 뒀는지도 잊어버렸습니다."

사람들이 웅성웅성 하면서도 나의 입을 주시하였다.

"제가 원고를 썼다는 것도 잊어버렸습니다.

여기 나와서 알았습니다.

근데, 이것도 내일이면 잊어버릴 것입니다.

저는 날마다 기억을 잃어가고 있습니다.

오늘 일은 내일이면 잊어버립니다.

기억하지 못합니다.

제가 지금까지 쌓았던 지식도, 추억도, 사랑도 사라지고 있습니다.

저는 알츠하이머 환자입니다."

알츠하이머라는 그 말에 장내는 놀라움과 탄식으로 숨소리조차 없이 조용해졌다.

"하루하루 사는 것이 두렵습니다.

행방불명된 남편을 찾아 헤맬 때도 버리지 않았던 희망을 지금은 품지 않습니다.

제가 여기나온 이유는 제 기억이 다 지워지기 전에 할 말이 있어서입니다.

그것은 사랑입니다.

저는 제 남편을 사랑합니다.

1980년 5월 18일에 태어나서 엄마 아빠의 사랑을 받지 못한 제 딸을 사랑합니다.

저를 이곳까지 데려온 엄마를 사랑합니다.

시아버지와 남편을 잃었지만 민주주의를 사랑합니다.

민주주의를 위해 일하시는 시민단체 여러분을 사랑합니다.

5.18 구속자회, 부상자 동지회, 유족회, 행불자가족회, 어머니 집.

그 외 시민단체 여러분.

여러분들의 투쟁과 희생이 절대 헛되지 않을 것입니다.

수고하셨습니다.

여러분을 사랑합니다.

제 모든 것이 사라져가지만, 제 사랑만큼은 영원히 남았으면
합니다.

여러분 사랑합니다."


나의 말이 끝나자 장내는 잠시 동안 침묵에 휩싸였다가 누군
가의 박수소리에 사람들이 전부 자리에서 일어나 박수를 쳤다.
눈물을 흘리는 사람들도 많았다. 내 귀에도 박수소리가 들렸다.
나는 이제 내 할 일을 다 한 것 같았다. 이제는 떠나도 될 것 같
았다.

# 34

엄마의 일기는 여기서 끝이었다. 다음 장은 하얀 백지였다. 기억이 다 사라진 엄마를 보는 것 같았다.

"엄마, 엄마, 미안해. 용서해줘. 내가 엄마를 오해했어."

나는 흐르는 눈물을 주체 못하고 흐느꼈다. 이정우가 침대위에 누워있다는 것도 잊어버리고 펑펑 울었다. 점으로부터 시작된 미움이 눈덩이처럼 굴러서 이제는 내가 통제하지 못할 정도로 커져버렸다. 엄마에게 다가가야지 하면서도 그 미움의 크기에 압도당해 어쩌지 못하다가 일기를 읽기 시작하면서부터 엄마를 이해하고 엄마에게 다가간 것이다. 37년 만에. 엄마가 외롭게 혼자 떠나고 난 뒤에야 나는 후회하며 울고 있었다. 내가 얼마나무디고, 냉정하고, 이기적이고, 속 좁고, 바보 같은 못된 여자인지 이제야 알았다.

**회상**

나는 고등학교를 졸업하고 서울에 있는 대학에 합격하여 서울로 올라왔다. 엄마는 졸업식에도, 대학교 입학식에도 오지 않았다. 할머니만 참석하였다. 기대는 안했지만, 그래도 오겠지 하며 기다렸는데 엄마가 정말 미웠다.

3월 어느 날, 할머니가 학교로 찾아왔다. 그때도 나에게는 할머니가 엄마였다. 엄마의 빈자리를 여전히 할머니가 대신 채워 줬기에. 할머니는 진국 설렁탕을 좋아했다. 나는 맛 집으로 소문난 학교 앞 설렁탕집으로 할머니를 모시고 갔다. 언제부턴가 할머니는 말수가 적어지면서 웃는 일이 없었다. 오늘도 그랬다. 나는 할머니가 식사를 마치기를 기다려 물었다.

"할머니, 나한테 뭐 숨기는 것 있지?"

할머니는 한숨을 크게 쉬고는 나를 쳐다보고 말했다.

"니 엄마가 마니 아퍼야."

나는 감기정도로 생각하고 대수롭지 않게 대답했다. 엄마에 대한 감정도 작용했다.

"병원가면 되잖아."

"지금 요양원에 있제. 경기도에 있는…"

"경기도? 요양원?"

할머니는 대답하지 않고, 오늘은 엄마한테 꼭 같이 가야된다고 말했다. 나는 강의를 빼먹고 할머니를 따라 나섰다. 구파발까지 전철로 가서 그곳에서 택시를 타고 고양동에 있는 요양원으로 갔다. 나는 가는 동안 오만가지 생각을 했다.

"아프다면서…, 웬 요양원이야?"

학교에서부터 요양원까지 2시간 거리였다. 택시 안에서 할머니는 한마디도 안했다. 뭔가 심상치 않은 일이 엄마한테 일어난 것이 분명했다. 택시에서 내려 산 밑에 위치한 4층 건물로 들어갔다. 요양원이었다.

요양사가 우리를 2층 방으로 안내했다. 복도 마지막 방이었다. 문을 열고 들어가니, 창문 앞에 환자복을 입은 여자가 창밖을 바라보고 있다가 문을 여는 소리에 고개를 돌렸다. 멍한 얼굴로 나를 쳐다보았다.

"엄마?"

엄마였다. 날마다 아침에 나보다 먼저 일어나 꾸며서, 한 번도 맨얼굴에 흐트러진 모습을 내게 보인 적이 없는 엄마였는데, 그 엄마가 나를 알아보지 못했다. 할머니도 알아보지 못했다. 엄마는 아무 말도 않고 다시 고개를 돌려 창밖을 바라보았다. 상상이 안 되는, 말도 안 되는 그 광경에 나는 할 말을 잊어버렸다.

나는 엄마와 한마디 말도 나누지 못하고 요양원을 나왔다. 돌아가는 길에 할머니가 그동안의 일을 설명해줬다.

"왜 나만 모르고 있었던 거야?"

"너 공부하는데 방해된다고 대학 갈 때까징 말허지 말라고 그랬어야. 니가 엄마 맘을 이해해야제 어쩌것냐."

엄마가, 엄마가 언제부터 그렇게 나를 염려해줬다고, 나는 어이가 없었다. 눈물도 나오지 않았다. 엄마에게 닥친 이 현실이, 나만 모르고 있었던 이 기막힌 상황이 믿기지도 않고 믿고 싶지도 않았다. 나는 절대로 받아들일 수가 없었다.

"엄만 정말 나쁜 여자야. 어떻게 이럴 수가 있어? 나한테 그렇게 모질게 대했으면, 무슨 말이라도 하고 요양원에 갔어야지. 이런 꼴 보이려고 그랬던 거야? 그 많은 세월 다 보내버리고 나서, 이제 와서 나를 기억하지도 못한다고? 나보고 어쩌라고…."

엄마는 그로부터 2년 후에 돌아가셨다. 엄마의 소원대로 아빠 곁에 묻혔다. 할머니는 엄마의 무덤 앞에서 구슬프게 울었지만, 나는 눈물이 나오지 않았다.

산에서 내려오는 길에 할머니가 아무리 생각해도 이상하다며 말했다. 요양원으로 입소하기 전날 엄마가 사라졌다고 했다. 파출소에 실종신고를 하고, 여기 저기 찾으러 돌아다니다가 혹시나 해서 영광 산소에 가봤는데 거기 아빠 무덤에 엄마가 손가방을 손에 쥔 채 쓰러져있었다고 했다.

"집에서는 혼자서 변소도 못 찾았는디…, 어떻게 거까지 갔는지 몰라아?"

할머니는 그것을 기적이라고 했다.

"기적? 영광은 엄마의 고향이고, 틈만 나면 아빠한테 들렀는데…, 기적일까?"

근데, 할머니에게는 이해 못할 것이 또 있었다.

"근디이, 나중에 그 손가방 안을 봤는디 박카스병과 녹음기가 들어있었어야. 그것을 멋할라고 가져갔을까이. 아무리 생각혀도 모르것서야."

그 말을 듣고는 나도 이상하게 생각 안했던 건 아니었지만 집에서 필요해서 가방에 넣고 다니다가 잊어버리고 그대로 가지고 갔겠지, 하며 대수롭지 않게 넘겼다. 그때는 알츠하이머가 얼마나 지독한 병인지 나는 전혀 실감하지 못했으니까.

## 35

그동안에 나는 대학을 졸업하고, 지금은 영화배우로 활동하고 있다. 할머니는 3주전에 할아버지 곁으로 갔다. 나는 할머니 유품을 정리하다 상자하나를 발견했다. 그 안에는 노트와 녹음기, 그리고 테이프 2개가 들어있었다. 녹음기는 플레이버튼을 눌렀지만 작동이 안됐다. 나는 노트를 집어 들고 첫 장을 넘겼다. 엄마였다.

"지혜야, 너에게 남기는 이 엄마의 일기다.

요양원 2층 203호에 있는 이정우라는 군인 아저씨한테도 읽어주길 바란다."

엄마의 일기장이었다. 그렇게 해서 나는 3일 동안 엄마의 일기를 그 군인 아저씨 이정우에게 읽어줬다. 전기제품을 수리하는 가게에서 연락이 왔다. 녹음기를 다 고쳤으니 찾아가라는 것이었다. 가게 주인은 그 녹음기를 요즘에는 볼 수 없는 골동품이라고 했다.

나는 신사동 원룸으로 돌아왔다. 오는 길에 사온 커피를 마시면서 엄마의 녹음기를 꺼냈다. 나는 망설였다. 내가 그 녹음기를 들어도 되는 건지, 한편으로는 두려움도 있었다. 엄마에 대해 아직도 내가 모르고 있는 것에 대한 죄스러움 같은 것이었다. 나는 플레이버튼을 눌렀다. 테이프가 찌지직거리면서 엄마의 목소리가 나왔다.


"나는 이서연이야. 내가 지금 너한테 말하고 있는 거야. 나중에 내가 누구인가를 잊었을 때를 위해 녹음해두는 거야. 너에게 네 남편한테 가는 방법을 가르쳐 줄 테니까 그대로 하면 돼. 알아들었으면 고개를 끄덕여봐! 그래, 잘 들어! 집에서 나가 택시를 타고 영광을 가자고 해. 돈은 네가 가지고 다니는 손지갑 속에 넣어놨으니까 네가 내릴 때 주면 되고. 알았으면 고개를 끄덕여봐. 좋아. 그러면, 그 다음으로 네가 해야 할 것이 있어."

나는 녹음기의 버튼을 눌러 정지시켰다. 처음에는 엄마의 이 말이 무슨 말인지, 누구에게 하는 말인지 몰랐다. 세 번 듣고 나서야 이해할 수 있었다. 할머니가 이상하게 생각했던 것들이 이제야 풀렸다. 엄마는 상태가 더 나빠지면 아빠한테 가려고 미리 준비를 해뒀던 것이었다. 할머니 말대로 그것은 기적이었다.

"사랑의 기적."

정말로 녹음기를 틀어서 아빠한테 찾아갔는지는 모르겠지만, 나는 그것을 사랑의 기적이라고 믿고 싶었다. 한 번이라도 더 아빠한테 가보고 싶어 했던 엄마의 애틋한 마음이 여기서도 느껴져 가슴이 저려왔다. 나는 다시 플레이버튼을 눌렀다.

"이서연! 이건 정말 중요한 거야. 잘 들어! 내가 너를 몰라볼 때 이 녹음기를 틀어서 네가 나한테 시키는 대로 하면 돼. 네가 날마다 약국에서 사오는 거 있지. 그거를 박카스 병에 넣어놨어. 네가 택시를 타고 네 남편 무덤에 갔을 때 병속에 들어있는 것을 다 꺼내서 한꺼번에 다 먹어야 돼. 알았어? 알았으면 고개를 끄덕여봐! 그래 좋았어. 나는 너를 믿는다."

여기가 끝이었다. 이제 모든 의문이 풀렸다. 엄마는 아빠 곁에서 죽기위해 수면제를 사서 한 알 한 알 모아 박카스 병에 보관했던 것이었다. 근데 아빠한테는 도착했는데, 엄마는 녹음기 플레이버튼을 누르는 것과 수면제 먹는 것을 잊어버렸을 것이다. 죽어야겠다는 계획자체가 이미 엄마의 머릿속에서 지워져버렸는지도 모른다.

그렇지만, 나는 아빠가 엄마를 말렸다고 생각했다. 그래서는 안 된다고, 그래도 살아야 된다고, 아빠의 말을 들은 엄마가 포기했다고, 나는 그렇게 믿기로 했다. 엄마 아빠의 사랑이면 충분이 그러고도 남았다.

　그때 감독한테 전화가 왔다. 아직 정하지 못한 영화의 제목을 〈5월 18일생〉으로 결정했고, 다음 달에 제작발표회를 한다는 것이었다.

　5월 18일은 내 생일이기도 해서 부담이 됐다. 그러나 이제 더 이상 5.18이 나에게 고통을 주는 숫자가 아니었다.

　나는 전화를 끊고, 녹음기에 아직 듣지 못한 테이프를 넣고 플레이버튼을 눌렀다. 찌지직거리다가 엄마의 목소리가 나왔다.


　"내 딸 지혜야. 엄마다.

　바로 갈수 있는 길을 두고, 그 먼 길을 돌아서 이제야 너한테 다가가는 구나.

　그런데 어떡하나. 너무 늦어버렸구나.

　나는 기억을 잃어가고 있고, 곧 네 곁을 떠나야 해.

　미안하구나. 엄마를 용서해 주렴.

　내 딸 지혜야. 아빠 미워하지 마라.

　이 세상에 아빠보다 더 너를 사랑하는 사람은 없어.

　네가 아빠 무덤에서 미소라도 보여준다면 아빠는 행복해 할 거다.

　내 딸 지혜야. 부탁이 하나 있다.

　엄마 아빠가 네 곁에 없더라도 씩씩하게 살아다오.

약속할 거지?

이 녹음기를 들을 때쯤이면 엄만 하늘나라에 있을 거다.

날마다 너를 응원하마."


여기가 끝이었다. 나는 내가 이렇게 눈물이 많은 여자인줄은 몰랐다. 터진 둑에서 모아둔 물이 쏟아져 나온다는 표현이 맞을 것 같았다. 엄마의 목소리를 듣고 나니까 왜 이렇게 엄마가 보고 싶고, 그리운지 모르겠다. 나는 침대에 머리를 파묻고 통곡했다.

## 36

나는 다음날 요양원으로 갔다. 2층의 이정우에게 올라가기 전에 원장실로 가서 원장을 만났다. 50대 중반의 인상 좋은 여자였다. 너무 늦었지만, 그동안 엄마를 잘 돌봐줘서 고맙다고 인사를 했다. 그녀는 완도가 고향이라며 완도 자랑을 한바탕 하다가 내가 일어나 나가려하자 그때서야 엄마 이야기를 꺼냈다.

"어머니는 돌아가시기 전까지 거의 날마다 2층에 있는 이정우라는 남자의 방으로 갔어요. 그 사람은 코마상태라서 말을 알아들을 수가 없는데도 어머니는 그 사람에게 계속 뭔가를 말씀하셨어요. 당신도 정신이 온전하지 않으면서. 이상하지 않아요?"

"글쎄요. 제 생각으로는 아마도 엄마는 그 사람이 깨어나기를 바라는 마음에서 그랬을 거예요."

솔직히 나도 궁금했다.

"왜 엄마는 이정우에게 그런 정성을 쏟았을까?"

일기를 읽으면서도 내내 가졌던 의문이었다. 내가 심리학자는 아니지만, 그것은 용서와 화해의 틀 속에서 이해해야 되지 않을까. 물론 엄마 성품에 다른 모든 것을 떠나서 그가 깨어나기를 바라는 마음이 더 컸음은 당연했다. 나는 원장실에서 나와 2층으로 올라갔다.

내가 방문했던 요 며칠 동안 이정우는 처음 그 자세 그대로 누워있었다. 근데, 표정은 더 안정적으로 바뀌어있었다. 일기 읽기를 끝낼 즈음부터 그랬었다. 코마상태의 사람은 움직일 수 없다는 고정관념을 버렸다. 이제는 나도 그가 깨어나기를 소원했다.

"아저씨, 또 왔어요. 아직 제 입으로 제 이름 말하지 않았죠? 김지혜라고 해요. 이 일기를 쓴 여자의 딸이구요. 제 직업은 영화배우여요. 이번에 〈5월 18일생〉의 주연으로 캐스팅됐어요. 축하해 주세요. 엄마 일기를 읽고 아저씨가 공수부대였다는 것을 알았어요. 아저씨도 우리 영화와 관련이 있네요. 그렇다고 해서 걱정할 필요는 없어요. 화해가 주제니까요. 다음 달에 제작발표회가 있어요. 그동안에 깨어나셔서 같이 참석하길 바랄게요. 약속할 수 있죠?"

그 때 문이 열리고 웬 중년의 남자가 들어왔다. 내가 그를 쳐다보자 그가 나를 알고 있다는 듯이 먼저 인사를 했다.

"선생님, 안녕하십니까. 저기 누워있는 분의 동생입니다. 이정민이라고 합니다. 선생님의 어머니 덕분으로 국방부에서 연락이 와서 형님이 여기 계시다는 걸 알았습니다. 어머니는 돌아가시기 전에 여러 번 뵀습니다. 저희 형한테 쏟아주신 정성 선생님께 감사드립니다."

그는 고개를 숙이며 여러 번 감사 표시를 했다. 천만 다행이었다. 일기 읽기를 끝내면서 나도 이정우의 가족을 어떻게 찾나 걱정했었는데, 우리엄마가 참 대단하다는 생각을 했다. 나는 이정민과 자주 연락하기로 하고 요양원을 나왔다.

## 37

그동안 나는 영화 〈5월 18일생〉의 연기연습으로 바쁜 하루하루를 보냈다. 영화 속의 5월 18일에 태어난 주인공이 바로 나와 비슷한 인물이라서 그 캐릭터를 소화하는데 큰 어려움은 없었다. 이 영화만큼은 내게 있어서 현실과 영화를 굳이 구분해서 연기연습을 할 필요가 없을 것 같았다.

그런데, 이제 보니 제작발표회 날도 5월 18일이었다. 나는 제작사 대표에게 왜 그날이냐고, 며칠 앞당기거나 늦출 수 없냐고 물었다.

"김지혜 씨는 5.18이 뭔지 몰라요? 우리 영화 제목이 〈5월 18일생〉이잖아요. 5.18에 태어난 사람. 5월 18일 그날보다 더 좋은 날이 어딨어요? 당연히 그날 해야죠."

그가 5.18에 대해 얼마나 아는지 모르겠으나 내 생각으로는 영화의 흥행을 따져서 일부러 그날을 잡았을 것이다. 그렇다고 그를 비난할 수도 없는 일이었다. 영화가 흥행을 해야 제작사는 투자자에게 투자금을 돌려줄 수 있으니까. 그 날짜가 알려지면서 영화는 언론의 주목을 받기 시작했다. 5월 18일 며칠 전부터 신문과 방송에서 보도가 되었고, 당일에는 인터넷 검색순위 1위에 올라가기도 했다.

날마다 연기연습에만 전념하다보니 어느새 5월 18일이 되었다. 피해갈 수 없는 그날, 내 생일날에 나는 부담되는 기분으로 시간에 맞춰 제작발표회장인 강남에 있는 호텔로 갔다. 특별히 준비할 것은 없었다. 보통의 제작발표회처럼 하면 됐다.

카메라플래시가 터질 때마다 배우들이 포즈를 취했다. 포토타임이 끝나고 감독과 주 조연 배우들이 무대에서 인사를 했다. 이제 기자들의 질문에 대답하는 시간이 됐다. 근데 기자들이 너무 많이 왔다. 유튜버들도 생방을 하고 있었다. 기자의 질문이 시작됐다. 긴장되는 순간이었다.

"김지혜 씨, 이번 영화가 주연으로는 처음이죠?"

"네."

"캐스팅 제의를 몇 번이나 거절했다고 들었습니다. 그 이유가 뭡니까?"

"그건…, 제가 그 역을 맡기에는 많이 부족했습니다."

그 기자가 이번에는 감독에게 물었다.

"감독님, 싫다는데 왜 굳이 김지혜 씨를 고집했습니까?"

"김지혜 씨가 그 역할에 가장 적임자라고 봤습니다. 그날 태어났으니까요."

"정말이요? 그럼 오늘이 김지혜 씨 생일인가요?"

기자들이 웅성거렸다. 제작발표회는 내 기자회견장으로 바뀌어버렸다. 나는 솔직히 엄마의 부끄러운, 자랑스럽지 못한 딸일 뿐인데 이런 상황이 부담스러웠다. 그러나 피해갈 길은 없었다. 다른 기자가 질문했다.

"김지혜 씨, 생일 축하드립니다."

"감사합니다."

"제가 여기 오기 전에 유튜브 동영상을 봤습니다. 몇 년 전에 광주시민단체에서 주최한 세미나에서 김지혜 씨 어머니가 강연을 하셨더군요. 알고 계셨나요?"

"네."

전혀 예상 못한 질문이었다. 나는 일기를 통해 엄마가 강연을 했다는 것을 알았을 뿐 그런 동영상이 올라가 있다는 것은 몰랐다. 그리고 갑자기 엄마에 대한 질문이라서 나는 당황하고 있었다.

"그렇다면, 김지혜 씨는 5.18의 유족이시네요. 유족이 이 영화의 주연을 맡는 게 어울린다고 생각하세요?"

유족이라는 말에 나는 그 기자를 쳐다보았다. 내 답을 기다리는 듯 그도 나를 주시하고 있었다. 반발심리가 작용했다.

"왜요? 유족이 맡으면 안 되나요?"

"안 될 것은 없지만, 엄마의 한풀이가 될 수 있다고는 생각안 하세요?"

"한풀이요?"

한풀이라니, 그 말이 나를 흥분시키면서 여기가 제작발표회장이라는 것도 잊게 만들었다. 갑자기 엄마가 떠올랐다. 이곳에서까지 엄마를 입에 올린다는 것이 죄송스러웠다.

"영화에서 배우가 연기로서 하는 한풀이가 왜 문제가 되는지 모르겠네요."

"부모님이 그걸 원할까요?"

"기자님은 우리 부모님에 대해서 얼마나 아세요? 제가 지금까지 어떻게 살아왔는지 알고나 그런 말을 하세요?"

"제가 김지혜 씨 사생활까지 알고 있어야 합니까?"

"그러니까, 왜 알지도 못하면서 그런 말을 하냐구요!?"

내가 소리치자, 그 기자도 지지 않았다.

"그럼 지금 김지혜 씨가 알게 해주면 되겠네요."

순간 나는 멈칫했다. 그 기자가 내 대답을 기다리는 듯 나를 쳐다봤다. 이렇게까지 됐는데, 이제는 내 가족사를 얘기해야할 것 같았다.

"아까 감독님도 말씀하셨지만, 그래요. 저는 1980년 5월 18일에 태어났어요. 그동안 그 날이 제 생일날인데도 즐길 수가 없었어요. 저에게는 5.18은 광주와는 무관한, 잊어버리고 싶은, 버리고 싶은 숫자일 뿐이었어요. 고통이었어요."

"왜 5.18이 잊고 싶은, 고통스러운 숫자였습니까?"

"그날 제가 태어나지 않았다면 엄마 아빠는 행복하게 사셨을 거니까요."

"부모님한테 무슨 일이 있었습니까?"

계속 말을 해야 하나, 나는 망설였다. 내가 흥분해서 엄마 아빠의 불행까지 얘기해버렸는데 여기서 그만두면 왜곡된 기사가 나올 것 같았다.

"그 날 5월 18일에 저는 광주에 있는 병원에서 태어났어요. 아빠는 소식을 듣고 병원으로 저를 보러 오시다가 광주에서 행방불명됐어요. 이틀 뒤에 퇴원한 엄마는 저를 할머니한테 맡겨두고 아빠를 수소문하며 전국을 헤맸어요. 그러기를 13년. 엄마는 끝내 차디찬 굴속에 암매장된 아빠를 찾아내 고향에 모셨습니다. 근데, 이번에는 엄마가 5.18때 받았던 충격으로 알츠하이머란 병을 얻었어요. 엄마는 모든 기억을 잃고서 고생하시다가 몇 해 전에 세상을 떠나셨습니다."

감정이 격해지면서 나는 말을 계속 할 수가 없었다. 내 목소리에는 울음이 섞여 있었다. 얼마 후, 내가 진정되는 기미를 보이자 기자의 질문이 다시 이어졌다.

"처음에는 캐스팅 제의를 거절했다고 하셨는데, 왜 생각이 바꿔신 거죠?"

"그것은 엄마의 일기장이었어요. 엄마가 돌아가시기 전에 일기를 남겼거든요. 저는 그 사실을 모르고 있다가 얼마 전에 그 일기를 봤습니다. 거기에는 엄마 아빠의 삶이 씌어 있었고, 저는 그때서야 엄마 아빠를 이해하게 됐습니다. 참 못된 딸이었죠."

잠시 침묵이 이어지다가 기자회견을 끝내려는 듯이 기자가 질문을 했다.

"영화제목이 5.18인데, 김지혜 씨는 5.18정신이 뭐라고 생각하세요?"

"5.18정신이요? 그건…, 기자님은 광화문의 촛불시위에 나가 보셨나요? 5.18정신은 거기에서 찾을 수 있다고 생각합니다."

그러나 내가 정말 하고 싶은 말은 안했다. 그것은, 엄마 아빠에게 5.18은 단순한 숫자가 아니라 대한민국 민주주의의 시작이자 전부였고, 결국은 2016년 광화문의 촛불로 타올랐다고, 이제는 5.18과 같이 나이를 먹어가는 내가 5.18의 희망으로 서보려고 한다고.

# 38

새벽에, 동트기 직전에 집에 들어와 그대로 침대에 쓰러졌다. 꿈이었다. 엄마 아빠가 나를 보고 미소를 지으며 열심히 살아줘서 고맙다고 말했다. 그때 전화벨소리가 울리면서 잠에서 깼다. 요양원에 누워있는 이정우의 동생 이정민이었다. 지금 당장에 요양원으로 오라고 했다. 전화를 끊고 시계를 보니 오후 3시였다. 잠결에 전화를 받다보니 내가 왜 요양원에 가야하는지를 묻지 못했다.

이정민은 흥분해 있었다. 그 만이 아니었다. 원장도, 요양사들도 마찬가지였다. 그들은 이정우의 방에 모여 내가 도착하기만을 기다리고 있었다. 내가 문을 열고 들어서자 모두가 환호성을 질렀다. 이정민이 나를 보자마자 외쳤다.

"선생님, 깨어났어요."

"깨어나다니요? 뭐가요?"

나는 아직 상황파악을 못했다. 그가 침대 위의 이정우를 가리켰다.

"아저씨가 왜요?"

방에 들어올 때는 못 봤는데, 다시 보니 이정우가 누운 채로 눈을 뜨고 나를 바라봤다. 나는 놀래서 외쳤다.

"어? 눈을 떴네? 아저씨가 눈을 떴어요! 어떻게 된 일이어요?"

이정민이 그제야 흥분을 가라앉히고 설명을 했다.

"어제 선생님 제작발표회가 있었잖아요. 제가 그 생중계를 스마트폰으로 형에게 보여줬어요. 오늘도 어머니가 옛날에 시민단체에서 했던 강연의 동영상을 찾아서 반복해서 보여줬거든요. 그런데 어느 순간 형이 눈을 떴어요."

그의 말을 듣고서도 믿기지가 않았다. 어떻게 이런 일이 가능할까. 나는 이정우를 쳐다보았다. 그가 그렇다는 듯이 눈을 깜박였다. 그러나 아직 말은 하지 못했다. 요양원의 의사는 곧 말도 할 거라고 했다. 이정민이 나에게 허리를 숙여 진심으로 고맙다고 했다. 형이 깨어난 것이 다 내 엄마 덕분이란 것이었다.

"어머니는 광주에서 이곳 요양원으로 형을 옮겼고, 여기에 형이 있다는 것을 국방부를 통해 우리 집에 알려 줬고, 10년 넘게 시간 있을 때마다 방문해서 책을 읽어주고 끊임없이 대화를 시도했어요. 떠나시면서까지 선생님이 일기를 읽어주게 했고요. 저는 형이 코마상태에서도 어머니의 이런 정성을 다 느끼고 있었다고 믿습니다."

나는 침대위의 이정우를 바라보았다. 그가 눈물을 흘리며 고개를 끄덕였다.

"엄마가 일기에서 기적을 보여 달라고 했던 약속을 그는 지킨 것일까? 내가 한 달 전에 그에게 했던 말을 정말 그는 듣고 있었을까? 제작발표회 전까지 꼭 깨어나서 참석하라는 말을…."

세상에는 우리의 지식으로 설명이 안 되는 일들이 너무나 많다. 그때는 그것을 기적으로 돌리기도 한다. 나는 엄마의 정성과 진심이 일기를 통해 이정우에게 그대로 전달돼 그가 기적을 만들어 냈다고 확신했다.

정확히 1주일 뒤인 5월 26일에 이정우는 말을 했고, 휠체어로 이동이 가능했다. 나는 광주에 내려갈 준비를 해서 요양원으로 갔다. 이정우가 나를 기다리고 있었다. 그의 첫마디가 나를 감동 시켰다.

"고맙습니다."

그 날 나는 장애인 택시를 불러 이정우와 함께 광주로 내려갔다. 이정민도 휠체어를 밀어줄 사람이 필요하다며 동행했다. 차가 출발하려는데 갑자기 소나기가 쏟아졌다. 그대로 차안에 앉아서 비를 바라보았다. 그러나 세상을 끝장낼 듯이 내리던 비가 금방 그쳤다. 한바탕 요란스런 소동이었다. 차안에서 바라보는 산과 들판이 방금 수영을 끝낸 그녀처럼, 참빗으로 빗어 넘긴 그녀의 머릿결처럼 단정해졌다. 언제 그랬냐는 듯이 하늘은 푸르렀다. 내 지금까지의 삶이 그랬다. 누군가를 미워하고 방황하다가 어느 날 돌아보니 나는 어느새 저 멀리 와 있었다. 순식간에 지나가 버린 소나기처럼.

택시가 요양원을 출발했다. 나는 뒷좌석에 앉아있는 이정우에게 말했다.

"우리가 가는 이 길이 순수의 언덕을 너머 가는 길이예요."

나는 이정우가 절벽에서 뛰어내릴 때 새처럼 비상해서라도 가고 싶어 했던 그 순수의 시절을 향해서 간다고 믿었다. 〈박하사탕〉의 사내가 돌아가고 싶어 했던 그곳으로. 물론 나에게도 그 길은 엄마의 첫사랑 그 시절로 가는 길이었다.

우리는 광주에 도착해서 먼저 이정우의 총에 죽은 아이의 무덤을 찾았다. 망월묘지는 5.18묘역의 성역화 사업으로 새롭게 단장하여 국립5.18민주묘지가 됐다. 오후 2시쯤 국립5.18민주묘지를 출발하여 영광으로 갔다. 1시간여 만에 영광 읍내에 도착하여 엄마한테 가기 전에 꽃집에 들렀다. 엄마가 아빠를 위해서 했던 것처럼 나도 한아름 국화꽃을 샀다.

다시 택시는 출발하여 가족묘가 있는 산 밑 도로에서 멈췄다. 나는 택시기사를 기다리게 하고 산길을 따라 앞장섰다. 휠체어는 길이 좁고 돌이 많아 갈 수 없어서 동생이 대신 이정우를 등에 업었다. 나는 올라가는 동안 엄마에게 편지를 썼다.


엄마, 벚꽃 좋아하셨죠.

가는 중간 중간에 벚꽃나무가 보입니다.

엄마가 갔을 때는 벚꽃이 하얀 눈처럼 날렸겠지요.

지금은 우거져 그늘을 만들고 있습니다.

대신에 라일락이 길옆으로 피어있어요.

작은 꽃들이 꽃봉오리를 만들어 가지마다 매달려있네요.

바람이 불면 하얀 눈처럼 날리겠지요.

엄마의 추억으로 생각합니다.

아빠 찾아 가는 엄마의 길을 이제는 제가 가고 있어요.

한 걸음 한 걸음 걸을 때마다 그리움이 쌓여갑니다.

엄마가 이루지 못한 꿈들, 이제는 제가 이어받을 게요.

자랑스러운 엄마의 딸로 살겠습니다.

부디 아빠 곁에서 행복하세요.


"지혜야, 고맙다."

제작발표회가 끝나고 일어서려는데 어디선가 엄마 목소리가 들렸다. 나는 놀라 두리번거렸다. 제작발표회장 입구에 엄마 아빠가 서있었다. 아빠는 국화꽃다발을 들고서.

"엄마?"

나는 믿기지 않아 그대로 있는데 엄마 아빠가 나에게 다가왔고, 어쩔 줄 몰라 하는 나를 엄마가 꼬옥 안아줬다.

"지혜야, 축하한다."

엄마 옆에서 미소를 지으며 나를 바라보던 아빠가 국화꽃다발을 내게 내밀었다.

"내 딸 지혜야, 잘 커줘서 고맙다."

나는 국화꽃다발을 받으며 아빠 얼굴을 봤다. 태어나서 처음으로. 순수의 시절, 엄마의 첫사랑 아빠는 20살 청년의 모습이었다.

그때 핸드폰 벨소리가 울리면서 잠에서 깼다. 꿈이었다. 새벽 동트기 전에 집에 들어와 그대로 침대에 쓰러졌었는데….

전화는 이정민이었다.

5월만 돌아오면 그랬다. 어디선가 와~ 하는 함성과 함께 독재타도를 외치는 시위대의 구호소리가 들려올 것만 같다. 〈님을 위한 행진곡〉이 비장하게 시작되고 시위대가 흔들어 대는 태극기가 보리밭 같은 하늘에 펄럭일 것만 같다. 아직도 나에게는 5월이 잔인한 계절이다. 그 중심에 5.18이 있기 때문에.

그날로부터 39년이 흘렀다. 그 세월동안 5.18을 관통해서 살아온 사람들이 피하지 못하고 마주하는 것들이 있다. 고통, 증오, 한, 미움, 용서, 화해, 사랑….

심리학자 칼 융은 말했다.

"고독은 내 곁에 아무도 없을 때가 아니라 자신에게 중요하게 여겨지는 것을 의사소통할 수 없을 때 온다."

나는 이 한 문장에서 내가 원하는 답을 얻었다. 그것은 39년 동안 내가 마주하며 살아왔던 것들을 이제는 밖으로 끌어내 소

통을 시도했다는 것이다. 〈5월 18일생〉은 그 첫 번째의 결과물
이다.

〈5월 18일생〉은 1980년 5월 18일에 태어난 여자와 그 여자의
엄마, 공수부대원, 이 3인이 5.18로 인해 찢겨진 상처를 안고 각
자의 방식으로 살아가다가 결국은 어느 한 지점에서 만나 서로
소통하며 치유한다는, 여기에 민주주의를 향한 그들의 싸움과
희생을 내용으로 하는 소설이다.

2019년 오늘을 살아가는 우리는 누구인가?

나는 산과 저수지로 둘러싸인 시골에서 태어나 1980년 5월에
공수부대에 맞서 민주주의를 외쳤고, 그 후 독일 유학에서 돌아
와 교수로서 영화감독으로서 치열하게 꿈을 쫓아 살고 있다. 그
러나 나는 보통사람이다. 초등학교 때 "국군아저씨에게"로 시작
해서 "지켜주셔서 감사합니다"로 끝나는 위문편지 쓸 때의 국군
에 대한 그 마음이 지금도 변치 않았다. 그 아이가 커서 그 자신
도 30개월 국방의 의무를 다 했고, 지금은 그의 두 아들이 군 복
무중이다. 나는 열심히 살아가는 두 아들을 자랑스러워하는 대
한민국 보통의 아버지다.

# 5월 18일생

초판 인쇄  2019년 5월 10일
초판 발행  2019년 5월 18일

지은이    송동윤
펴낸이    김상철
발행처    스타북스
등록번호   제300-2006-00104호
주소     서울특별시 종로구 종로1가 르메이에르 1117호
전화     02) 735-1312
팩스     02) 735-5501
이메일    starbooks22@naver.com
ISBN    979-11-5795-453-7 03810

• 이 도서의 국립중앙도서관 출판예정도서목록(CIP)은 서지정보유통지원시스템 홈페이지
  (http://seoji.nl.go.kr)와 국가자료공동목록시스템(http://www.nl.go.kr/kolisnet)에서 이용
  하실 수 있습니다.(CIP제어번호 : CIP2019014960)